KB072865

THE OMNIPOTENT
BRACELET

전능의 팔찌 2부 7

김현석 현대 판타지 장편소설

초판 1쇄 찍은 날 § 2024년 4월 19일
초판 1쇄 펴낸 날 § 2024년 4월 26일

지은이 § 김현석
펴낸이 § 서경석

총괄팀장 § 황창선
편집책임 § 양준
디자인 § 스튜디오 이너스

펴낸곳 § 도서출판 청어람
등록번호 § 제387-1999-000006호
등록일자 § 1999. 5. 31
어람번호 § 제1-3227호

본사 § 경기도 부천시 부일로 483번길 40 서경B/D 3F (우) 14640
편집부 § 서울특별시 구로구 디지털로 272 한신IT타워 404호 (우) 08389
전화 § 02-6956-0531 팩스 § 02-6956-0532
http://www.chungeoram.com
E-mail § chungeorambook@daum.net

ⓒ 김현석, 2023

ISBN 979-11-04-92513-9 04810
ISBN 979-11-04-92499-6 (세트)

MODERN FANTASTIC STORY

전능의 팔찌

2부

THE OMNIPOTENT
BRACELET

김현석 현대 판타지 소설

7

도서출판 청어람

전능의 팔찌 2부

THE OMNIPOTENT
BRACELET

목차
7권

Chapter 01

—

한국에서 느낀 것

Y-어패럴 직원들을 위해 추가로 구상된 것의 비용은 다음과 같다.

구 분	면적(평)	예상가(₩)
사업부지 매입	500평	100억
현주건축물 멸실	500평	17억
건축허가 및 감리	7,250평	20억
건축비	7,250평	363억
합 계		500억

한 곳당 500억 원이니 100군데라면 5조 원이 든다. 별 이득도 없는데 너무 많은 돈을 쏟아붓는다는 느낌이다.

　하여 한마디 하려는 순간 인경과 현수의 시선이 마주쳤다.

　"한국에 있는 동안 내가 느낀 게 뭔지 알아요?"

　"네? 제가 그걸 어떻게……?"

　인경이 다음 말을 잇기도 전에 현수가 먼저 말한다.

　"한국은 집값이 너무 비싸고, 경쟁일변도의 사회예요. 한번 도태되면 다시 일어설 기회를 주지 않는 냉정한 구조를 가졌고요. 그러니 출산율이 갈수록 떨어지죠. 한국은……."

　잠시 현수의 말이 이어졌다.

　철없을 나이인 중학생 때 공부를 안 하면 고등학교 과정을 제대로 학습할 수 없다.

　이런 상태에서 내신평가가 된다. 당연히 하위등급이다. 그러곤 곧장 수능으로 이어진다.

　그 결과 중학생 때 공부를 게을리한 녀석들은 in 서울이 불가능한 성적을 얻는다. 따라서 수능성적표를 받는 날은 대기업 정규직의 꿈을 버려야 하는 날이다.

　지잡대나 전문대학으로 진학한 녀석들도 1년에 1,000만 원 가까이 되는 등록금을 내게 된다.

　뒤늦게 정신 차려 열심히 공부하다 졸업해도 제대로 된 직장을 잡을 기회는 결코 주어지지 않는다.

　언제든 심기일전하여 노력을 기울이면 합당한 대가를 받을 수 있어야 하는데 한국은 그런 게 없다.

예를 들어, 서른두 살에 수능 만점을 받아 서울대학교를 수석으로 입학해도 졸업 후 취업은 난망하다.

법에도 없는 신입사원 연령제한 때문이다.

2016년 현재 대기업 인사 담당자들이 생각하는 신입사원 적정 연령은 남성 27.9세, 여성 26.1세이다.

32살에 입학했다면 아무리 빨라도 36살 졸업이다.

어떤 회사에서 선배 사원들보다 훨씬 나이 많은 신입사원을 뽑겠는가!

이는 늦게라도 정신을 차려봤자 아무 소용없음을 의미한다. 하여 헬—조선(Hell—朝鮮)이란 말이 만들어졌다.

청년들로 하여금 연애, 결혼, 취업, 출산, 내 집 마련, 인간관계, 꿈, 희망을 모두 포기하도록 강요하는 사회는 결코 정상적인 사회가 아니다.

하여 이를 어찌하면 타개할 수 있을까를 생각해 보았다. 다행히 도로시가 있어서 재원은 넘치도록 많아졌다.

하지만 이를 무작정 나눠줘서는 안 된다. 자칫 흥청망청하는 무책임한 사회가 될 수 있기 때문이다.

현수는 청년들에게 넉넉한 급여를 받는 좋은 일자리와 주거를 제공하고, 저녁이 있는 삶을 주려고 한다.

물론 그럴 만한 자격이 있는 사람들에게만 제공된다.

아직 공표한 바 없지만 Y—그룹 임직원으로 25년 이상 재직하면 평생 주거지 걱정은 하지 않아도 된다.

현재 살고 있는 집을 원하면 그곳에서 거주 가능하게 할 생각이기 때문이다.

Y-그룹은 점차 전국으로 확장될 예정이니 수도권뿐만 아니라 지방의 아파트를 선택할 수도 있을 것이다.

전원주택을 원한다면 경치 좋고, 교통 좋은 위치에 조성될 잘 지어진 전원주택 단지 중 하나 또는, 주변 여건이 제대로 갖춰진 타운하우스 중 하나를 고르게 할 생각이다.

살다가 다른 유형의 주거지를 원할 경우 교체도 가능하다.

이는 퇴직금과는 별도이며, 본인과 배우자 사망 시까지 거주할 수 있다. 평생 살 수 있다는 뜻이다.

다만, 재직 중이거나 퇴직 후에 다른 주택이나 아파트, 혹은 빌라 같은 주거용 부동산을 매입하면 그 즉시 무료 이용 대상에서 제외된다.

대한민국의 고질병 중 하나인 부동산 투기와 부동산 가격 상승을 막으려는 의도이다.

서울시 통계자료를 보면 2015년 현재 아파트 수는 163만 6,896가구이다.

조만간 착공하게 될 Y-빌딩과 Y-파이낸스 지점들, 그리고 새로 구상된 Y-어패럴 기숙사 100곳을 합치면 최하 2만 5,000가구 정도가 된다.

전체 아파트 세대수의 1.5%밖에 안 되지만 무상공급이 시작되면 부동산 가격 상승은 주춤하게 될 것이다.

매입 수요는 줄어드는데, 매물이 많아지면 자연스레 가격이 하락하게 될 것이기 때문이다.

그렇기에 다른 주거지를 매입하거나 보유하고 있으면 공짜 주거를 제공하지 않으려는 것이다.

이렇게 되면 연애는 물론이고, 결혼과 출산을 주저하지 않을 것이다. 청년들이 꿈과 희망을 잃지 않고, 인간답게 살 수 있도록 도우려는 것이다.

'돈이 얼마나 많기에 이러지?'

조인경의 뇌리를 스친 의문이었다.

'대단하신 분이야.'

인경보다는 현수에 대해 더 잘 아는 지윤의 생각이었다.

한편, 문득 정신을 차린 현수는 접시 위의 생고기를 불판에 올렸다.

"아이고, 사설이 길었네요. 자, 먹고 마십시다."

"네에."

다시 고기가 구워졌고, 추가로 주문한 맥주와 소주가 빠른 속도로 양이 줄어들었다.

주문했던 음식을 다 먹고도 이런저런 이야기를 도란도란 나누고 있을 즈음 대각선으로 두 테이블 떨어진 곳에 앉아 있던 사내가 현수를 빤히 바라보고 있었다.

잠시 고개를 갸웃거리는가 싶더니 김지윤과 조인경을 보고는 자리에서 일어선다. 그러고는 이렇게 중얼거렸다.

"하아! 그놈 참, 혼자서 둘 데리고 뭐 하는 거지? 그나저나 고년들 참 맛있게도 생겼다. 눈에 익은 걸 보면 걸 그룹 멤버인 것 같은데 누구지?"

두어 발짝을 떼곤 또 한 번 중얼거린다.

"크크크, 누군지 알아서 뭐 해? 맛만 있어 보이는데. 흐흐흐! 횡재한 기분이야."

혼자 중얼거린 사내는 현수의 지척에 당도하자 표정을 바꾼다.

"야! 신주혁! 너, 나 몰라?"

"네? 누구……?"

"누구긴? 니 형 친구 강호야, 천강호! K화학 둘째."

"K화학이요?"

강호라는 사내가 언급한 K화학은 이름만 들으면 누구나 알 만한 재벌의 계열사이다.

"그래! 왜 모르는 척해? 네 형 진혁이는 잘 있지? 얌마! 귀국을 했으면 형들에게 먼저 연락해야 하는 거 아냐?"

현수가 뭐라 대꾸하기도 전에 천강호의 말이 이어진다.

"야! 너 중딩 때 일진 짓 하다 짤려서 미국으로 쫓겨간 거 맞지? 그때 네가 왕따시키고 때렸던 애 자살한 건 아냐?"

"…자살이요……?"

"그래! 너 나가고 한 달도 안 되서 옥상에서 뛰어내려서 뒈 졌대. 그나저나 너는 미국 가서 또 사고 쳐서 이름도 모를 시 골 학교로 쫓겨 갔다며?"

"네……?"

또 현수가 말을 잇기도 전에 떠들어댄다.

"어휴! 이 짜식, 계집애들 앞이라고 모르는 척하는 것 좀 봐. 얌마! 이제 사고 좀 그만 쳐."

"저어, 다른 사람이랑 착각하시는 것 같은……."

"착각은… 무슨! 야! 신주혁! 너 P물산 셋째잖아. 내 친구 신진혁의 동생이고. 그나저나 대학은 졸업한 거냐? 거기서도 계집질하느라 공부 하나도 안 했지?"

"주혁이가 누군지 모르겠지만 나는 그런 사람이……."

대체 무슨 소리를 하느냐는 표정을 지어 보였지만 천강호는 물러서지 않는다.

"하아! 이 짜식, 안 되겠구먼. 계집애들 있다고 모르는 척하 고 싶은가 보지? 아가씨들! 이놈이 어떤 놈인가 하면……."

잠시 천강호의 말이 이어졌다.

P물산 셋째인 신주혁은 재벌가의 자손으로 태어나 부족함 없이 자랐지만 인성이 쓰레기이다.

타인의 처지와 입장, 그리고 어려움과 아픔 따위는 전혀 신 경 쓰지 않는 개차반인 놈이다.

조금 전 천강호가 말한 것처럼 중학생 때 일진 짓을 하면서 많은 사고를 쳤다.

음주, 흡연, 폭력, 갈취, 성추행, 강간 등으로 여러 번 교무실과 경찰서를 드나들었다. 그때마다 P물산 법무팀의 활약 덕분에 매번 무사히 풀려날 수 있었다.

그러다 결정적 사건이 벌어졌다.

신주혁과 그 똘마니들에게 돈을 빼앗기고, 왕따당했으며, 수시로 동네북처럼 얻어맞기만 하던 학생이 손목을 그어 자살을 시도한 것이다.

아들의 일기장을 통해 자살 이유를 알게 된 아빠는 자신이 근무하던 신문에 실명을 거론한 기사를 실었다.

P물산 셋째 신주혁이라는 이름과 얼굴 사진까지 보도되자 당연히 난리가 벌어졌다.

네티즌들의 성토와 불매운동이 계속되자 P물산 법무팀은 신주혁을 미국으로 빼돌렸다.

한 달 후, 손목을 그었던 아이가 학교 옥상에서 투신하여 자살하는 사건이 벌어졌다.

경찰은 자살에 이르도록 폭행을 가한 녀석들을 체포했다.

매일매일 무지막지한 폭행을 가하는 모습이 고스란히 녹화되어 있어서 금방 잡을 수 있었던 것이다.

손목을 그은 사건 직후 학교에서 추가로 설치한 CCTV가 있었는데 그걸 몰랐던 모양이다.

아무튼 너무도 명백한 증거가 있기에 경찰서에 잡혀온 놈들은 순순히 폭행 사실을 시인하였다.

그들은 신주혁이 돈을 주기로 했다는 증언을 했다.

다행히 이 같은 내용이 휴대폰에 녹음된 파일이 있었기에 신주혁은 폭행치사 교사범으로 수배되었다.

이즈음, 자살한 학생의 아빠는 다니던 신문사에서 해고되었다.

데스크의 허락 없이 무단으로 기사를 올린 것과 가해자의 실명을 밝히고. 사진까지 올렸다는 것이 징계 사유였다.

P그룹에서 광고를 빌미로 기자의 해고를 요구한 듯했다. 하여 억울하다고 항변했지만 아무런 소용도 없었다.

두 달이 지나도록 경찰은 미국으로 떠난 신주혁의 행방을 찾아내지 못하였다. 공교롭게도 그 당시의 신주혁은 학교 기물 파손과 폭행으로 퇴학된 상태였다.

서울에서 하던 짓을 그대로 하려다가 제 뜻대로 되지 않자 망나니처럼 행패를 부렸던 것이다.

다른 학교로 학적을 옮기기 전이라 신분이 공중에 붕 뜬 상태였기에 찾을 수 없었던 것이다.

이에 자살한 학생의 아빠는 사비를 들여 미국으로 가서 신주혁을 찾아다녔다. 그러는 사이에 P물산에서 다방면으로 손을 써서 사건을 무마해버렸다.

그렇게 1년이 흘렀고, 자살한 학생의 아빠는 아무런 소득 없이 빈손으로 귀국할 수밖에 없었다.

캐나다로 옮겨 몸을 숨겼던 신주혁은 다시 미국으로 들어가 남은 중학교를 과정을 이수했고, 고등학교도 졸업했다.

그러는 내내 방탕한 생활을 하였기에 성적은 가장 밑바닥이고, 평판도 좋지 않았다.

당연히 어느 대학에서도 받아주지 않았다. 많은 돈을 들여 유학은 갔지만 고졸인 상태로 끝난 것이다.

잠시 천강호가 하는 이야기를 듣고 있던 현수가 도로시를 호출했다.

'도로시! 신주혁의 행방은?'

'잠시만요! …, 현재 LA 한인타운에 있네요.'

'신이호든 누구든 즉시 파견하여 데스봇 레벨10을 투여해.'

레벨10이면 일주일 이내로 죽으라는 뜻이다. 미국은 총기 소지가 자유로우니 금방 지구에서 지워질 것이다.

'네! 즉시 이행토록 할게요.'

'P물산 우리 지분은? 글구 대표이사 안 갈아치웠어?'

'네! 현 대표이사 신국환은 특별히 징치할 만한 과오가 없고 경영 능력도 괜찮아서 현직에 머물도록…'

도로시의 말은 중간에 잘렸다.

'아들놈이 한 짓 보면 몰라? 당장 주총 소집해서 대표이사 갈아치우고 떨거지들까지 싹 다 치워. 법무팀도 살펴봐서 불법행위가 있었으면 모조리 고발 조치하고. 해고해.'

'넵! 지시대로 할게요.'

'P그룹의 나머지 계열사들도 싹 다 조사해.'

'넵!'

도로시는 할 말이 없다는 듯 짧게 대답하고 말았다.

'근데 내 앞의 이놈은 대체 누구야?'

'천강호는 K그룹 창업자의 둘째 아들의 둘째 아들이에요.'

'그래? K그룹은 뭐 하는 회산데?'

'월남전[1] 때 급성장한 회사예요. 잠시만요…'

오래전 자료를 확인하는지 도로시의 말이 잠깐 끊겼다.

*　　　　　*　　　　　*

'K그룹 창업주 천진환은 월남전 때 한국인 노무자들을 월남에 파견하는 회사를 운영했었어요.'

'월남에 노무자를 보냈어?'

'네! 전쟁 중이긴 하지만 다양한 분야의 기술자들이 필요했거든요.'

도로시의 보고처럼 미국 빈넬(Vinnell)사에서는 베트남 파견 지상군을 지원하는 노무자들을 많이 뽑았다.

이들은 군 작전과 관련한 미군 주둔지역의 군사시설 건축

---

1) 월남전 : 베트남전쟁(Vietnam War). 베트남의 통일 과정에서 미국과 벌인 전쟁(1960~1975)

및 보수작업 등에 주로 투입되었다.

언제, 어디서 공격받을지 모를 위험에 고스란히 노출되어 있었기에 국내보다 높은 보수를 받았다.

위험수당이 붙은 것이다.

참고로, 당시 월남에 파병된 군인 송금액은 2억 100만 달러 가량이다. 연인원이 참전 군인의 5분의 1 정도에 불과했지만 파월 노무자 송금액은 1억 6,600만 달러나 되었다.

파병된 군인의 월급이 적은 건지 파견된 노무자의 급여가 높은 건지는 판단하기 나름이겠다.

'근데 그게 돈을 많이 벌 일인가?'

인력파견으로 재벌이 되었다니 의아한 것이다.

'월남전이 끝난 후 소송이나 진정을 한 자료들을 검색해 보니 노무자들이 받아야 할 임금은 많이 떼어먹었네요.'

당시 미8군 군속의 월급은 100달러 정도였다.

그런데 월남전 파견 노무자의 월급은 가장 낮은 행정직이라도 월 350달러였다.

천진환은 파견 노무자들에게 1인당 600달러를 제시했다. 하여 상당히 많은 사람들이 지원을 했다.

하지만 이들이 받은 임금은 월 350달러 정도였다. 사고 등의 사유로 목숨을 잃은 노무자에겐 한 푼도 주지 않았다.

나머진 몽땅 떼어먹었던 것이다.

전쟁기간 동안 모든 노무자들을 상대로 매월 1인당 250달러씩 떼어먹었으니 얼마나 큰돈이 되었겠는가!

천진환은 이 돈을 외국으로 빼돌리고 싶었으나 그럴 수 없었다. 중앙정보부로부터 경고의 말을 들은 때문이다.

'사람들을 속여서 돈을 모은 것을 눈감아줄 테니 일정 부분은 상납하고, 나머지는 모두 국내로 들여오라' 는 말이다.

서슬 시퍼렇던 권력의 앞잡이들로부터 들은 경고이기에 천진환은 시키는 대로 총수익의 30%를 국방성금 명목으로 납부했다. 안 내면 죽는다는 걸 알기 때문이다.

이렇게 납부된 돈은 국가재정엔 단 한 푼도 잡히지 않았다. 적절히 배분된 뒤 권력자들의 주머니로 흘러들었다가 스위스 비밀은행 계좌로 보내졌을 뿐이다.

칼만 안 들었지 강도 같은 놈들이 국가요직에 앉아 있던 시절이니 어쩌겠는가!

어쨌거나 천진환은 나머지 달러화를 국내로 들여와 사채업을 시작했다. 한마디로 고리대금업을 시작한 것이다.

돈이 돈을 버는 시절인지라 재산은 금방 눈덩이처럼 불어났다. 그러다 IMF 구제금융 시절이 닥쳤다.

천진환은 기다렸다는 듯 몇몇 알짜기업을 헐값에 인수했다. 빌려준 돈을 갚지 못하자 빼앗다시피 한 것이다.

조폭들이 폭력을 휘두르고, 가족들을 몰살시키겠다는 협박까지 동원된 기업 인수였다.

그러곤 사명을 K로 바꾸었다. 이것이 K그룹의 시작이다.

현재는 12개 계열사를 가진 재벌이 되었고, 모두 자식들에게 물려준 상태이다.

현수는 잠자코 도로시의 설명을 모두 들었다.

'K그룹 경영진도 안 바뀐 거야?'

'죄송해요. 즉시 바꾸도록 할게요.'

'천진환에게도 데스봇 투여해!'

'저어, 레벨7 정도면 될까요?'

'그래! 저 자식 보면 부모들도 문제가 있을 게 뻔하니까 확인해 봐서 내게 보고하고.'

'네! 알겠습니다.'

'도로시! 조사 똑바로 해.'

'네! 죄송해요.'

도로시는 즉각 꼬리를 말고 통신을 끊었다.

잠자코 천강호가 내뱉는 신주혁의 험담을 듣고 있던 현수가 입을 열었다.

"말 다 끝난 거야?"

"아니! 여기 이 계집애 중 하나를 나한테 넘겨. 요즘 이 형님 옆구리가 많이 시리시다."

김지윤과 조인경의 눈초리 대번에 올라간다. 자신들을 어떤 시선으로 보고 있는지 확연히 느껴졌기 때문이다.

하지만 발작하진 않았다. 재벌과 붙어서 좋을 일이 없음을 알기 때문이다. 또한 현수가 있으니 애써 참은 것이다.

"뭐라고…? 뭐를 어떻게 하라고?"

짐짓 못 알아들은 척했다.

"이 짜식이! 계속 반말이네. 좋아, 두 살 차이니까 반말한 건 한번 봐준다. 근데 나는 얘가 아주 맘에 든다. 내가 데리고 가도 되지?"

천강호의 찜을 당한 건 조인경이다. 한창 시절의 한가인 못지않은 미녀인지라 아까부터 눈여겨봤던 것이다.

곁에 절세미녀가 된 김지윤이 앉아 있지만 방향 때문에 얼굴을 제대로 확인하지 못한 모양이다.

말을 마친 천강호가 서슴없이 조인경의 손목을 잡으려 할 때 현수가 입을 열었다.

"근데 너! 몇 살이냐?"

"뭐? 얌마, 나 네 형 친구 천강호야! 형 나이도 몰라?"

"그러니까 몇 살이냐고."

"하아! 이런 싸가지 없는 새끼를 봤나. 지금 나한테 개기를 거냐? 학교 댕길 때 일진 짓 좀 했다고 눈에 보이는 게 없지? 한번 맞아보고 싶어서 환장했냐?"

하는 짓을 보면 완전 양아치이다. 이에 현수는 조용히 외국인등록증을 꺼내서 펼쳐 보였다.

서울출입국관리사무소장이 발행한 것으로 외국인 등록번호와 성별, 성명과 국가지역, 그리고 체류자격이 명기된 것이다. 당연히 얼굴 사진도 있다.

"난 신주혁이 아니고 하인스 킴이라는 사람이다. 보다시피 나이는 서른하나이고. 넌 아무리 높게 봐도 스물일곱쯤 된 것 같은데. 이러면 내가 네 살 형이잖아."

"뭐……?"

천강호는 등록증의 사진과 현수의 얼굴을 번갈아 살핀다.

"너 이거 가짜지? 와아! 요즘은 외국인 등록증도 정말 진짜 같이 만드네."

"이게 가짜 같아? 경찰 부를까?"

"……!"

현수의 싸늘한 시선을 받은 천강호는 왠지 위축되는 느낌이다. 황제의 카리스마가 짓누르니 그럴 것이다.

"이, 이거 진짜냐? 진짜 가짜 아냐?"

"등록증의 진위여부는 경찰을 부르면 금방 알 걸. 부를까?"

또 경찰 부른다는 소리에 천강호는 똥 마려운 강아지처럼 안절부절 못하더니 꾸벅 고개를 숙이곤 후다닥 물러난다.

"아, 아니…! 미안합니다. 사람 잘못 봤네요."

이때 도로시를 호출했다.

'불렀어?'

'네! 금방 도착할 거예요.'

현수에게 다가오는 순간 전신을 스캔한 도로시는 천강호가 마약 투약자라는 걸 알아냈다. 눈 색깔이 변색되어 있고, 동공이 축소되어 있어서 바로 알아차린 것이다.

그 즉시 대검찰청 마약수사대로 연락하였다. 마약은 제국에서도 금지한 약물이기 때문이다.

물론 은밀한 제보의 형식을 취했고, 추적은 불가능이다.

다음으로 가장 가까이에 있는 순찰차에 연락했다.

워커힐 호텔 명월관에서 손님끼리 폭행사건이 벌어지고 있으니 빨리 오라는 것이다.

이 내용은 취재차 인근에 나와 있는 방송국 기자에게도 전달되었다. 특종을 줄 테니 얼른 오라는 내용이다.

물론 대략적인 정보는 제공했다.

기레기에 속하지 않아 무탈하게 본연의 업무를 수행하는 인물이다.

'여기 도착하려면 얼마나 걸릴 거 같아?'

'경찰은 4분 31초, 기자는 6분 17초요. 마약수사대는 20분쯤 걸릴 거예요.'

도로시의 대답을 들은 현수가 자리에서 일어섰다. 그러고는 천강호와 그 일행이 앉아 있는 테이블로 다가갔다.

무어라 수군거리고 있던 천강호가 티껍다는 듯 바라본다.

"왜…? 사람 잘못 본 거라고 말을 했잖아… 요."

현수와 시선이 마주치자 천강호가 한 말이다.

"내 일행에게도 정중한 사과를 해야 하지 않을까?"

"뭐야… 요?"

참으로 어색한 존댓말이다.

"정중히 사과하라고 했다."

"이런…! 야, 나이 몇 살 더 처먹었다고 대접해 주니까 내가 우습냐? 나 K화학 둘째야."

"K화학?"

"그래! 너, 내가 누군지 몰라서 이러는 거지? 짜식! 좋게 말할 때 그냥 꺼져라."

천강호는 심히 짜증난다는 표정이다. 그러거나 말거나 현수는 할 말만 한다.

"너야말로 좋게 말할 때 내 일행에게 정중히 사과해라."

"하아! 이게 정말…! 에이, 기분 잡친다, 가자."

천강호의 말이 끝나기 무섭게 일행 모두가 자리에서 벌떡 일어선다. 천강호를 포함하여 다섯 명이고, 가장 작은 녀석의 신장이 185㎝ 정도이다. 모두 현수보다 크다.

하지만 이에 밀릴 현수가 아니다.

"가기 전에 사과부터 해야지?"

"뭐라고? 못 하겠다면? 차암, 요즘 것들은 제 분수를 몰라도 한참 몰라. 네까짓 서민이 째려보면 어떻게 할 건데?"

"서민? 내가……?"

현수는 이실리프 제국의 황제이시다.

이곳으로 오기 직전의 현수는 지구의 대부분을 지배했다.

아시아, 아프리카, 유럽, 아메리카, 오세아니아의 5분의 4 이상을 소유했고, 통치했다.

이실리프 제국에 속하지 못한 몇몇 나라는 범죄율이 너무 높거나, 특정 종교 광신자들이 많아 버려진 곳들이다.

지구의 위성인 달(Moon)과 화성(Mars)은 몽땅 다스렸다.

이뿐만이 아니다!

목성의 위성인 유로파(Europa)뿐만 아니라 토성의 위성인 타이탄(Titan)과 엔셀라두스(Enceladus) 등도 다스렸다.

게다가 다른 차원에도 영토와 신민들이 있다.

가장 먼저 아르센 대륙의 이실리프 제국이 있다.

뿐만 아니라 콰트로 대륙과 마인트 대륙 전체를 지배하는 지엄하신 황제이시다.

아울러, 세상의 모든 마법사와 기사들의 수장이시다.

재산은 또 어떠한가!

이곳에 오기 전 재산이 아니라 현재 보유한 재산도 어마어마하다.

도로시의 보고에 의하면 The Bank of Emperor가 보유한 자산이 184조 9,855억 달러라고 하였다.

1년 이자율을 1.5%로 잡으면 하루 이자가 76억 달러 정도 된다. 한화로는 8조 9,357억 원이다.

오늘 현재 삼성전자의 시가총액은 220조 8,614억 원이다. 25일치 이자만으로도 사들일 수 있다.

코스피 시가총액 24위에 랭크되어 있는 LG의 시가총액은

11조 2,161억 원이다. 이틀치 이자도 안 된다.

LG보다 훨씬 작은 K그룹 따위는 신발에 묻은 먼지 같은 존재일 뿐이다. 그런데 그런 K그룹의 소유주도 아니고 겨우 손자인 녀석이 감히 서민이라는 표현을 했다.

참으로 가소로운 일이다.

"븅신이 븅신 같은 소리 하고 앉아 있네."

현수의 싸늘한 시선에 천강호가 자리에서 벌떡 일어선다.

"분명히 사과 못 한다고 했다. 에이, 기분 잡쳤네. 가자!"

우르르 몰려 나가려 하자 현수는 두 팔을 벌려 천강호의 앞을 가로막았다.

"안 비켜? 어디서 깜냥도 안 되는 것이… 좋은 말로 할 때 비키는 게 니 신상에 좋을 거야. 그치?"

현수에게 향했던 시선이 일행에게로 돌아가자 모두가 고개를 끄덕인다.

"형씨! 도련님이 가라고 할 때 그냥 가슈! 괜히 깝치다가 얼어터지지 말고."

입을 연 덩치는 딱 봐도 조폭이다. 보아하니 친구 겸 경호원으로 데리고 다니는 모양이다.

'도로시! 이놈은 누구지?'

'명동 일대를 장악했던 박상사파 행동대장 전대길이에요. 나이는 천강호와 같은 27세고요. 별명은 전대갈이에요.'

'전대갈?'

'네! 전 재산이 29만 원밖에 없다는 놈 아시죠?'

'아! 그래.'

전대길은 살짝 이마가 벗겨진 대머리이다. 이름에 획 하나만 추가하면 전대갈이 되니 충분히 납득되는 별명이다.

'유도 2단, 태권도 3단인 놈이에요.'

'훗! 그래봤자지.'

내심 코웃음을 친 현수가 전대갈에게 시선을 주었다.

"너는 뭐지? 넌, 뭔데 남의 일에 끼어들어?"

"하아! 대가리가 나쁜 건가? 보면 몰라? 우린 다섯이고 넌 혼자야. 계집애들 앞에서 폼 좀 잡고 싶은가 본데 그러다 뚝배기 깨지는 수가 있다."

'도로시! 뚝배기가 뭐야?'

'두개골을 뜻하는 은어입니다.'

현수는 억누르고 있던 슈퍼 마스터의 기운을 개방했다.

휴먼하트가 멈추면서 내공을 쓸 수 없는 몸이 되었지만 배어 있는 기운이 사라진 것은 아니다.

그리고 갈고닦았던 무공의 식(式)을 쓸 수 없는 상태도 아니다. 동체시력은 내공과 관련 없다. 단 한 방에 콘크리트를 분쇄할 정도로 강력한 기운만 실을 수 없을 뿐이다.

"하아! 말로 하니까 안 되겠구나. 니들은 좀 맞아야겠다. 다 따라 나와라."

말을 마친 현수가 먼저 명월관 밖으로 나갔다. 식사 중인 사람들이 있기에 그들의 시선이 미치기 힘든 곳으로 향했다.

'도로시! CCTV 조절해.'

놈들이 먼저 폭력을 휘두르는 장면을 녹화하도록 하라는 것이다.

'넵! 근데 죽이시면 안 됩니다.'

'알아!'

Chapter 02

—

드잡이질의 결과

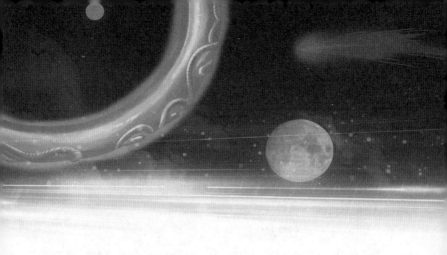

"여기서 죽고 싶다고?"

현수의 뒤를 따라온 천강호와 전대갈, 그리고 그 일행들은 현수를 둥글게 포위했다. 그러면서 주변의 CCTV를 확인한다. 가까이 있는 건 모두 다른 곳을 향해 있다.

사고가 나도 증거가 없다는 뜻이다.

"까불지 말고 덤벼. 대머리!"

"뭐? 대머리? 이 새끼가…, 죽엇!"

전대갈이 제일 싫어하는 말이 대머리이다.

그런데 처음 본 놈이 대놓고 대머리라 하자 참을 수 없다는 듯 주먹을 휘두른다.

현수는 슬쩍 허리를 굽힘으로써 놈의 주먹을 피했다. 다음 순간 전대갈의 발이 날아왔다.

현수의 눈에는 슬로우 비디오보다도 더 느린 것처럼 감지되니 피하는 건 식은 죽 먹기보다 쉽다.

황급히 물러서며 정말 아슬아슬하게 피하는 몸짓을 하자 뒤에 있던 천강호가 손으로 등을 밀친다.

피하지 말고 앞으로 나가서 맞으라는 뜻이다.

"뭐야? 너는! 니가 덤벼, 이 새끼야. 잘못은 니가 했잖아."

CCTV에는 소리가 들어가지 않기에 한 말이다.

"뭐 이런 개잡놈이 있지? 이런 쉬발~!"

천강호가 쌍욕을 하며 인상을 긁는다. 1 : 2가 되려는 것이다. 현수는 아슬아슬하게 피하면서 천강호의 속을 긁었다.

"개새끼! 싸움도 못해서 못 덤비지? 뷰웅신―!"

"뭐라고?"

"덤비라고, 븅신아!"

"이런 쌍놈의 새끼가?"

천강호가 싸움에 끼어들자 전대갈의 공격이 주춤한다. 자칫 천강호를 때릴 수 있기 때문이다.

천강호가 휘두른 주먹이 현수의 입술을 스치고 지났다. 간발의 차로 피함과 동시에 마치 맞은 듯한 리액션을 보였다.

이때 전대갈이 휘두른 주먹이 현수의 옆구리를 파고든다.

그와 동시에 허리를 접으면서 주춤주춤 물러섰다.

CCTV로는 마치 맞은 것처럼 보일 것이다.

"뭐해? 스치지도 않았구먼. 야! 이 새끼 쏴야. 쳐!"

전대갈의 말이 떨어지기 무섭게 나머지 셋 또한 싸움에 가담했다. 숫자가 많아서 그런지 무기는 꺼내 들지 않았다.

아무튼 놈들이 주먹을 휘두르고 발길질을 할 때마다 마치 맞은 듯 비틀거리기도 하고, 물러서기도 했다.

타격을 입은 듯 움찔거리기도 했다. 물론 한 대도 맞지 않았다. 모두 간발의 차로 피했을 뿐이다.

때론 스치면서 현수의 옷에 걸려 진짜로 때린 듯한 느낌을 주기도 했을 것이다.

아무튼 슬쩍슬쩍 방향을 틀어 놈들이 숲을 등지게 되자 비로소 본연의 실력을 드러내기 시작했다.

지금껏 피하기만 하던 현수의 팔이 채찍처럼 휘둘러지는가 싶더니 한 녀석의 관자놀이를 가격한다.

휘익—! 픽—!

"커헉!"

비명을 지르며 엎어질 때 곁에 있던 놈들의 허리와 주둥이에 현수의 구둣발이 틀어박힌다.

휘이익! 파팍!

"크허억!"

휘익! 빠각—!

"켁! 크으윽!"

순식간에 세 녀석이 전투능력을 잃었지만 전대갈과 천강호는 이를 느끼지 못했다.

불과 2초 사이에 일어난 일인 때문이다.

현수는 자신의 좌측에 있던 둘에게 몸을 돌렸다. 그리고는 지체 없이 주먹과 발을 휘둘렀다.

휙—! 와작—! 휘익! 빠악—!

"케엑—! 아아악!"

전대갈의 앞니 네 개가 부러지는 순간 천강호는 허벅지를 붙잡으며 주저앉는다.

강력한 로우킥에 가격당한 순간 대퇴골에 금이 갔기 때문이다.

더 세게 갈겼다면 전대갈은 이빨은 물론 상악골과 하악골이 분쇄되었을 것이고, 천강호는 대퇴골 복합골절에 이어 골반 골절이 되기에 힘 조절을 한 결과이다.

이때 호각 소리가 들린다. 그리고 김지윤과 조인경의 음성 또한 들렸다.

삐이익—! 삐이이익—!

"저기 저기예요. 저쪽으로 갔어요."

"앞으론 사람 봐가면서 까불어라."

퍼억—!

"케헥! 끄으웅—!"

현수의 발길질이 천강호의 뒤통수를 갈기자 나지막한 비명을 지르는가 싶더니 이내 혼절해 버린다.

삐익—! 삐이익—!

"멈춰라!"

우다다다—!

세 명의 경찰이 우르르 몰려온다. 현수는 아무런 무기도 없다는 뜻으로 두 손은 펼쳐 보였다.

곁에는 천강호와 전대갈을 비롯한 다섯이 엎어진 채 끙끙대거나 기절해 있었다.그런 전대갈의 앞에는 날이 시퍼렇게 선 회칼이 떨궈져 있다.

조금 전 한 방 갈기면서 품에 있던 걸 떨어뜨리도록 한 것이다. 천강호를 뺀 나머지들의 앞에도 잭나이프(jackknife, 접개식 칼) 등이 널브러져 있다.

모두 흉기로 사용할 수 있는 것이기에 도검소지허가증이 필요한 것이다.

후다닥 달려온 경찰은 멀쩡히 서 있는 현수에게 시선을 준다. 어찌 된 영문인지 설명하라는 듯하다.

멀쩡히 서 있기는 하지만 현수가 걸친 양복엔 흙이 잔뜩 묻어 있다. 일부러 당해준 발길질의 흔적이다.

실제로 맞아서 그런 게 아니라 일부러 발길질에 옷이 걸리도록 해서 뜯기거나 찢겨진 것이다.

"이놈들이 시비를 걸었고, 보다시피 흉기로 위협하여 할 수 없이 제압한 겁니다."

"잠시만요."

경찰은 비닐봉지를 꺼내 바닥에 떨어져 있는 회칼과 잭나이프를 모두 수거했다.

누가 소지하고 있던 것인지를 확인하려면 지문 채취를 해야 하므로 본인의 지문이 묻지 않도록 원칙대로 했다.

그러는 동안 현수는 구경만 하고 있었다.

"신분증 좀 보여주십시오."

현수가 품속의 지갑을 꺼낼 때 조인경이 황급히 다가선다.

"그분 저희 회사 전무이사님이세요."

조인경은 들고 있던 사원증을 경찰에게 내밀었다.

"헉헉! 맞아요. 저희 회사 전무이사님이세요."

김지윤도 사원증을 내밀었다.

"저, 전무이사님이요?"

딱 봐도 25세 남짓이다. 그런데 그냥 이사도 아닌 전무이사라고 한다.

그렇다면 재벌가의 후손일 확률이 대단히 높다.

긴급 출동한 박 경장은 진급한 지 두 달밖에 안 되었고, 동승한 최 경사는 명월관으로 가서 사태 파악 중이다.

같이 출동한 둘은 새내기 순경들이다. 하여 잠시 머뭇거릴 때 현수가 외국인등록증을 보여주었다.

"아! 외국인이십니까?"

"맞아요! 저기 저 사람이 우리 일행에게 무례한 말을 했고, 나머지와 합세하여 폭력을 행사하여 제압한 겁니다."

"그, 그렇습니까?"

쓰러져 있는 놈들을 보니 한 녀석은 앞 이빨이 몽땅 부러졌는지 입에서 피가 흘러나오고 있고, 세 녀석은 끙끙거리고 있다. 현수가 지목한 놈은 아예 기절한 상태이다.

"자, 잠시만요! 김 순경, 이 순경! 여기 자리 지키고 있어."

"네!"

순경 둘이 이구동성으로 대답을 할 때 박 경장은 순찰차로 돌아가 지원 요청을 했다.

같은 순간, 조인경은 천지건설 법무팀장에게 전화를 걸었다. 그러고는 아주 간결하게 현 상황을 이야기해주었다.

능력을 인정받은 커리어우먼답게 짧지만 충분히 상황을 상상할 수 있는 설명이었다.

박 경장은 금방 되돌아왔다. 초동 대처가 잘못되면 곤란한 문제가 될 수도 있기에 신중한 표정이다.

"잠시만 기다려 주십시오."

"그러죠."

현수가 고개를 끄덕이자 박 경장은 가장 먼저 기절해 있는 놈의 호흡과 맥박을 확인했다.

꼼짝도 하지 않으니 혹시 죽은 건 아닌가 했던 모양이다. 다음으론 끙끙대는 놈들의 상태를 파악했다.

앞 이빨이 부러진 전대갈을 제외하곤 특별한 외상은 없는 듯하다. 그럼에도 일어서지 못하고 끙끙대는 걸 보면 꾀병 아니면 중상인 듯싶다.

하여 앰뷸런스를 불러야 하는 생각을 할 때 박 경장의 휴대폰이 진동한다.

"네! 박일원 경장입니다. 네? 네! 가해자는… 아니, 위협을 당한 사람은 외국인입니다. 네. 네. … 천지건설 전무이사님이랍니다. 네? 네, 알겠습니다. 네! 네. 그렇게 하겠습니다."

누군가와 통화를 마친 박 경장은 현수에게 다가왔다.

"잠시 서(署)까지 동행해 주셔야 하는데 괜찮죠?"

생긴 건 100% 한국인이다. 그런데 외국인등록증을 가지고 있다. 재벌의 후손인데 외국 국적자인 듯하다.

게다가 천지건설의 전무이사라니 함부로 대할 수도 없다. 하여 싫다고 하면 어쩌나 하는 표정이었다.

"네, 그러시죠."

현수가 흔쾌히 고개를 끄덕이자 한 짐 덜었다는 표정을 짓는다.

"그럼 잠시만 기다려 주십시오."

"그러죠."

현수가 고개를 끄덕일 때 후다닥 달려오는 사내가 있다. 신분증을 패용하고 있고, 목에 카메라도 걸고 있다.

한 손에는 수첩 같은 것이 들려 있다.

'Z방송사 강철민 기자예요.'

강 기자는 도착하자마자 현장 사진부터 찍기 시작했다. 박 경장은 말릴 수 없는 듯 바라만 본다.

"저어! 어떻게 된 상황인가요?"

박 경장에게 다가선 강 기자의 물음에 답한 건 김지윤 차장이다.

"제가 설명해드릴게요."

"저도요."

느닷없는 절세미녀가 둘이나 등장하자 강철민의 눈이 대번에 커진다. 텔레비전에서나 볼 수 있을 법한 미녀들이 나섰는데 어찌 놀라지 않겠는가!

"저기 계시는 분은 저희 회사 전무이사님이신데……."

김지윤의 설명도 조리가 있었다. 중언부언(重言復言)하지 않고 간단명료하게 지금까지의 상황을 설명했다.

마지막 말을 받은 건 조인경이다.

"저기 저 사람은 자신이 K화학 둘째라고 했어요."

"……! 그럼, 천강호 씨요?"

"네! 이름이 천강호 맞아요."

강철민 기자의 눈이 또 한 번 커진다. 재벌가의 후손이 누군가에게 맞아서 기절해 있는 상태이다.

'이건 특종이다' 라는 생각이 들었는지 곧장 천강호를 대상으로 사진을 찍어댔다.

"잠시만요. 잠시만요."

어느새 다가온 최 경사가 강 기자의 촬영을 막으려 했지만 이미 찍을 사진은 다 찍은 상태이다.

"박 경장! 가해자 신분 확인했어?"

멀쩡히 서 있는 현수를 바라보며 한 말이다.

"가해자요? 가해자는 이쪽인데요?"

박 경장이 쓰러져 있는 놈들을 가리켰다.

"그럼 혼자서 다섯을……?"

최 경사는 화들짝 놀란 표정이다.

"참! 이분은 외국인이시고요. 천지건설의 전무이사님이시랍니다."

"외국인? 전무이사?"

최 경사는 또 놀란 표정이다.

"그리고 여기 이 친구는 K화학의 둘째 아들이라네요."

"뭐? K화학……?"

최 경사는 세 번째로 놀란 표정을 짓는다. 그러고는 얼른 천강호의 호흡을 확인한다.

"지원 요청했어? 앰뷸런스는?"

"다 했어요. 근데 대검찰청 마약수사대에서 연락이 왔어요. 그냥 실어 가지 말고 현장 보존하고 있으라고요."

"뭐어? 마약수사대…?"

최 경사의 눈에 흰자가 확 늘어난다. 더 커질 수 없을 만큼 크게 떴다는 뜻이다.

곁에 있던 강철민 기자의 눈 또한 확연히 커진다.

재벌가 후손의 폭행사건으로 끝날 일이 아닐지도 모른다는 생각을 한 것이다.

"네! 급박한 상황이 아니라면 꼭 현장을 보존하고 있어달라고 했습니다."

"흐으음, 잠시만……!"

나지막한 침음을 낸 최 경사는 휴대폰을 꺼내 들고 몇 발짝 떨어진 곳으로 이동한 후 어디론가 전화를 걸었다.

'통화 추적하는 중이지?'

'넵! 영상으로 녹화하고 있고, 녹음도 되고 있어요.'

최 경사는 행여 떨어뜨릴세라 휴대폰을 두 손으로 잡고 연신 주억거리고 있다.

"네! 네, 네! K화학 둘째 아들이랍니다. 네, 네? 마약수사대에서 출동 중이니 꼭 현장을 보존하라고…. 네! 네! 네, 알겠습니다. …네, 그렇게 하겠습니다, 네. 충성!"

왜에엥~! 왜에엥~!

최 경사가 통화를 마칠 즈음 119구급대 차량이 접근했다.

＊　　　　＊　　　　＊

"신고 받고 왔습니다. 부상자는…, 아! 저기……."

구급대원이 천강호와 전대길를 비롯한 떨거지들에게 접근하려 할 때 최 경사가 앞을 막는다.

"잠시만요!"

"네? 왜요?"

"이분들 생명엔 이상이 없습니다. 그냥 돌아가십시오."

"네에? 저런데도요?"

구급대원이 가리킨 것은 전대길이다.

부러진 앞니가 박혀 있다 빠지면서 본격적인 출혈이 시작된 듯 피를 줄줄 흘리고 있었던 것이다.

"괜찮아요, 그냥 가세요."

"안 됩니다. 저러다가 과다 출혈로……."

"어허! 가라면 가세요."

최 경사가 포악한 눈빛으로 구급대원을 바라보자 잠시 전대길을 바라보다가 휴대폰의 녹음 버튼을 누른다.

"소속과 직책이 어떻게 되시죠?"

"아! 그건 왜 물어요?"

"신고 받고 출동했는데 그냥 돌아가면 우리도 문제가 될 수 있어서 그렇습니다. 경찰관님 성함은 최한천 님이시군요, 직위는 경사님이시고요. 소속은 여기가 워커힐이니까 광진경찰서 소속이시죠?"

"지금 뭐 하는 겁니까?"

"말씀드렸잖습니까. 우리도 그냥 돌아가면 보고서 써야 합니다. 출혈이 있는 환자가 있음에도 그냥 철수했다가 나중에 문제 되면 누가 책임지죠?"

"이 사람이 지금……!"

"최 경사님 말씀대로 철수하라니까 철수하지만 나중에 문제되면 우리 책임 아닌 겁니다. 그렇죠?"

따지듯 말하는 구급대원, 어떻게 되어가는지 살피는 기자, 그리고 피해자인지 가해자인지 알 수 없는 외국인과 두 명의 여인이 있다.

뿐만 아니라 박 경장과 이 순경, 김 순경도 있다.

"아! 알았으니까 어서 가라고요. 어서요, 어서!"

"네! 최한천 경사님. 그냥 철수하라니까 철수합니다."

말을 마친 구급대원은 더 이상 볼일 없다는 듯 구급차로 돌아갔다.

"이런 씨잉~!"

최 경사가 나지막이 투덜거린다. 이때 멀리서 사이렌 소리가 들려온다.

삐요, 삐요, 삐요, 삐요—!

해가 저물면서 어둠이 깔렸기에 멀리서도 구급차 경광등 불빛이라는 것을 알아볼 수 있었다.

119 구급차가 멀어지고 얼마 지나지 않아 앰뷸런스 두 대와 검정색 승용차 3대가 빠른 속도로 다가온다.

끼익! 끼이이익—! 텅, 텅—! 터텅텅—!

앰블런스에서 두 명이 내렸고, 승용차에선 모두 일곱 명이 내렸다. 무언가는 찾는 듯 두리번거리자 최 경사가 손을 번쩍 든다.

"여기요! 여깁니다."

사람들이 우르르 달려올 때 강철민 기자는 슬쩍 물러서더니 벚나무 뒤로 은신했다.

그러고는 다가서는 사람들을 차례로 카메라로 잡았다.

천강호의 곁에 놓인 취재가방은 지퍼가 반쯤 열려 있는데 안에 있는 녹음기는 켜져 있는 상태이다.

"우리 도련님은 어디에……?"

다가온 사내 중 40대 중반으로 보이는 자가 최 경사를 바라보자 기다렸다는 듯 천강호를 가리킨다.

"여기 계십니다."

사내는 다가서기 전에 확인한다.

"의식이 없으신 건가요?"

"네! 제가 도착했을 때부터 지금까지 쭉……."

사내는 서둘러 천강호의 눈꺼풀을 들어 올려 의식이 있는지 여부를 확인해 본다.

"흐음! 어떤 놈이 그런 겁니까?"

"저기 저쪽에……."

사내는 현수에게 시선을 주었는데 수갑조차 차지 않았음을 확인하곤 묻는다.

"저놈은 왜 체포하지 않은 겁니까?"

"이쪽에서 먼저 저쪽에게 폭행을 가했다 하여……."

"아니! 저쪽은 멀쩡한데 이쪽은 사람이 이 모양인데 그게 말이 됩니까? 어서 수갑 채우세요."

"네? 정당방위라고……."

"최 경사님! 나 누군지 몰라요? 작년까지 동부지검 형사부에 있던 이세찬이에요."

"아! 충성. 이세찬 부장검사님이셨군요. 몰라 뵈었습니다."

"아, 지금은 검사가 아니고 변호삽니다."

"네, 그러세요."

"암튼 저쪽도 얼른 체포하세요."

"그건……."

최 경사는 얼른 대답하지 않았다.

상황을 보니 재벌가 자손들끼리의 폭행사건이다. K화학도 큰 회사긴 하지만 아직 천지그룹에 비할 바는 아니다.

이런 땐 큰 쪽의 편을 드는 것이 나중을 위해 좋다고 배웠다.

하여 망설이고 있을 때 같이 앰뷸런스에서 내린 자들이 천강호를 실으려 했다.

이때 상황을 지켜보던 현수가 한 발을 내디뎠다.

"잠깐만!"

"……!"

앰뷸런스에서 내린 자들을 비롯한 이세찬 변호사와 최한천 경사, 그리고 박일원 경장 등의 시선이 일거에 쏠린다.

나직하지만 단호한 음성이었기 때문이다.

"경찰관님! 대검찰청 마약수사대에서 현장 보존해 달라고 한 말 잊으셨습니까?"

"어라? 그걸 어떻게……?"

대꾸한 건 박 경장이다.

전화를 받은 장본인이고, 최 경사에게만 거의 속삭이는 수준으로 이야길 했는데 현수가 어찌 아나 싶었던 것이다.

어쨌거나 박 경장의 반응은 모두에게 현수가 한 말이 사실이라는 걸 알리는 상황이 되었다.

"당신들은 손 떼고 비키세요."

현수의 말에 앰뷸런스에서 내렸던 자들이 주춤거리며 물러선다. 지금 천강호를 데려가면 자신들이 불려 다닐 것이 뻔했기 때문이다.

천강호야 재벌가의 자손이니 어찌어찌 빠져나오겠지만 자신들에게 마약 범죄를 저지른 범인을 빼돌리고. 증거 인멸을 도운 혐의가 씌워지면 교도소 경험을 할 수도 있다.

그렇기에 물러서려는 몸짓을 한 것이다.

이때 고함을 지른 건 이세찬 변호사이다.

"뭐해? 어서 도련님 싣지 않고. 서둘러!"

"네……?"

앰뷸런스에서 내린 자들이 반문할 때 이세찬은 신경질적인 반응을 보인다.

"내 말 못 들었어? 어서 도련님 실으라고."

"그래도 저어… 마약……."

"마약은 무슨! 빨랑 실어 얼른 가야 해. 얼른!"

"네? 아, 네에."

다시 천강호를 앰뷸런스에 실으려 할 때 현수가 나서서 막았다.

"지금 마약사범을 빼돌리려는 겁니까?"

"마약사범은 무슨…! 당신이 우리 도련님, 마약 투약하는 현장을 봤어? 응? 봤냐고."

이세찬이 눈을 부라릴 때 검은색 승용차 두 대가 빠른 속도로 접근했다.

부우우웅ㅡ! 끼이익ㅡ! 끼익ㅡ!

"뭐야?"

이세찬 변호사는 자신을 치일 듯 다가온 차들에게 시선을 돌린다. 이때 두 차 모두 조수석과 뒷좌석 문이 열리더니 말쑥한 양복 차림인 사내들이 내린다.

탕, 탕, 퉁, 퉁ㅡ!

이세찬 변호사는 다가서는 사내들에게 시선을 주다 흠칫 놀란다.

차에서 내린 이들의 선두엔 이세찬 변호사가 익히 알고 있는 인물이 서 있었다.

검사 임용이 되고 첫 번째 임지의 지청장이었던 것이다.

"헉─! 지, 지청장님! 안녕하십니까? 근데 지청장님이 어떻게 여길⋯⋯?"

"어! 자넨? 이세찬 검사가 아닌가? 자넨 여기 웬일이야?"

"지청장님! 저, 작년에 옷 벗었습니다. 현재는 K화학 법무팀에 있습니다."

"아! 그런가? 나도 작년 초에 옷을 벗었지."

"네? 에고, 조금 더 계시지요. 검찰총장까지는 하셨어야 하는데 말입니다."

조금 전의 사납던 기세는 어디로 가고 이세찬 변호사는 마치 집에서 기르는 강아지처럼 아양을 떤다.

"하! 이 사람 여전하구먼. 그래, K화학은 괜찮은가?"

"네? 네, 법무팀이 다 그렇죠 뭐. 그냥 월급쟁이라고 보시면 됩니다."

"그런가? 그럼 나도 월급쟁이네. 지금은 천지건설 법무실장이지. 자, 이건 내 명함이네."

전직 지청장의 명함을 받은 이세찬은 얼른 본인의 것도 건넨다.

"근데 여긴 어떻게 오셨는지요?"

"여기? 우리 회사 전무이사께서 불한당들과 시비가 벌어졌다고 해서 왔네."

"네에? 불한당이요?"

"그래, 그나저나 우리 전무님은 어디에 계시지?"

말을 하며 주위를 둘러보는데 아무리 봐도 전무급으로 보이는 인물이 없다. 중후한 중년인을 찾았으니 그럴 것이다.

그러던 중 조인경 과장과 시선이 마주쳤다. 신형섭 사장이 총애하는 비서이기에 여러 번 보았던 인물이다.

"어라? 조 비서. 여긴 어쩐 일로……?"

"고 실장님 오셨어요?"

"네, 한데 조 비서는 여기에 웬일로……?"

고 실장은 조인경에게 말을 올리기도 그렇고 내리기에도 애매하여 살짝 말끝을 흐린다.

본인은 이사급이고, 조인경은 과장이지만 사장의 최측근이다.

그렇기에 나름 대우를 해주는 중인 것이다.

"K화학 손자 일행이 전무님에게 행패를 부려서요."

"그런가? 전무님은 어디에 계시지?"

고인성 법무실장은 건물 쪽을 바라본다. 전무이사가 화장실이라도 갔나 싶어서이다.

"여기 이분이세요."

조인경 과장의 손짓에 시선을 돌리던 고인성 실장은 크게 놀란 표정을 짓는다.

이제 겨우 스물다섯쯤으로 보이는 완전 애송이를 가리켰기 때문이다.

"저분이 전무님이시라고? 혹시 회장님 직계이신가?"

"아뇨! 직계는 아니시고요. 전무님이신 건 맞습니다."

"아! 그런가? 어찌된 상황인지 설명해주겠소?"

"네! 저희가 식사를 하고 있는데 저기 누워 있는 K화학 천강호 실장이 저와 김지윤 차장을 상대로 무례를 저질렀어요. 그래서 전무님께서⋯⋯."

고인성 실장은 대꾸 없이 조인경의 설명을 들었다.

이때까지 예의를 지키느라 가만히 서 있기만 하던 이세찬 변호사가 불쑥 끼어든다.

"아가씨! 그건 아니지. 우리 도련님이 마약 복용자라니? 증거 있나? 투약하는 현장을 보았느냐고."

"이 변! 아가씨가 아니고 천지건설 대표이사의 최측근 비서인 조인경 과장이네."

"네?"

이세찬은 살짝 놀란 표정이다. 혹시 천지건설 대표이사가 곁에 있나 싶어서이다.

"그리고 마약단속반이 이곳에 온다니 기다려 보세."

"그래도 어떻게? 지금 저희 도련님은 의식을 잃은 상태입니다. 빨리 병원으로 데려가야⋯⋯."

"조금 전에 119구급대가 왔을 때 괜찮다고 그냥 보냈다면서? 근데 지금은 왜 빨리 데려가야 한다고 하나?"

"그건 이 근처 병원보다는 저희 계열사 병원으로 모시는 것이 더 나을 듯하여……."

"내가 보기엔 괜찮은 것 같네만."

고인성 실장의 시선을 따라가니 천강호가 깨어난 듯 자리에 일어나 앉은 상태에서 머리를 흔들고 있다.

정신을 차려보려는 몸짓인 듯싶다.

"도련님!"

이세찬이 후다닥 천강호에게 다가갈 때 조인경이 다시 입을 열었다.

"실장님! 폭행사건의 당사자이니 전무님도 경찰서에 동행해서 진술하셔야 하죠?"

"그렇네만."

뭘 당연한 걸 묻느냐는 표정이다.

"근데 전무님은 다음 주 월요일에 중요한 계약이 있어서 출국하셔야 해요."

"출국……?"

"네! 이건 대외비인데 아제르바이잔 신행정도시 건설공사 수주 건으로 회장님을 비롯하여 사장님과 전무님께서 출국하실 예정이에요."

"회장님? 지금 외유 중이신 걸로 아네만."

"건설회장님 말고 총괄회장님이요."

"뭐어? 이연서 회장님?"

고인성 실장은 놀란 표정이다.

"네! 총괄회장님도 가셔요. 엄청 크고, 중요한 계약인데 전무님이 안 계시면 큰 문제가 발생돼요."

"그런가?"

이게 겨우 스물다섯으로 보이는 애송이 전무가 담당한 업무인 모양이다. 그게 크면 얼마나 크고, 중요하면 얼마나 중요할까 싶다. 하여 다소 시큰둥한 표정이다.

"네! 그러니까 전무님이 경찰서에 계속 머무시는 일은 일어나선 절대 안 됩니다."

"아, 알겠네. 근데 얼마나 큰 공사기에 총괄회장님께서 직접 나서시는지 혹시 아시는가?"

순수한 호기심에서 물은 말이다.

이연서 회장은 자수성가한 재벌이다.

여러 계열사를 거느린 대기업으로 성장하는 동안 이렇다 할 논란의 대상이 된 적이 없다.

다시 말해 중소기업의 기술을 빼앗거나 그들을 강제로 인수합병하면서 덩치를 키우지 않았다.

건설업계의 관행인 장기어음으로 장난을 치지도 않았다.

그렇기에 존경받는 재계의 어른 대접을 받고 있다. 한국의 재계엔 아주 드문 케이스라 할 수 있다.

그렇기에 고인성 실장의 말엔 조심스러움이 배어 있다. 존경받을 만한 어른의 일을 알고자 하는 때문이다.

"공사비가 610억 달러랍니다. 우리 돈으론 71조 7,200억 원 정도 되는 공사지요."

"흐엑—!"

고인성 실장은 대경실색했음을 감추지 않았다.

Chapter 03

—

전무님은 대단한 분

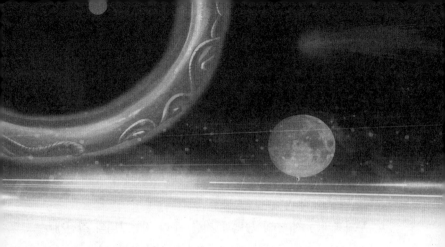

대한민국의 2016년 국가예산은 386조 7,000억 원이다.

이중 10% 정도인 38조 7,995억 원이 국방예산이다.

이 예산의 70%인 27조 1,597억 원은 병력운영비와 전력유지비로 사용된다. 대부분 군인들 급여라는 뜻이다.

나머지 30%인 11조 6,398억 원만 무기획득 및 연구개발비로 사용될 예정이다.

그런데 이마저 효율적으로 사용되지 못하고 있다.

대한민국 국군은 합동군제(合同軍制)이다.

합동군제란 육 · 해 · 공 3군 병립(竝立)의 기반 위에 합동참모본부를 설치해 국방부장관이 합동참모본부를 통해 군령권을 행사하는 구조이다.

군정권(軍政權)[2] 은 각 군 참모총장에게 주어졌지만, 군령권(軍令權)[3] 은 합참의장이 가지고 있는 것이다.

현재 각 군 참모총장이 무기체계 소요량과 전력화시기, 작전요구능력 등을 정해 소요제기를 하면 합참에서 이를 조정하는 역할을 하고 있다.

무기체계는 적(敵)의 능력과 전술, 우리 작전부대의 작전개념과 군사전략을 알아야 필요한 소요를 산출할 수 있다.

그런데 이런 조직과 기능이 모두 국방부(합참)에 있다.

참으로 이상한 체계이다.

각 군 참모총장들은 정보 · 작전 · 전략을 모르는 상황에서 신규소요를 제기하여야 하는 상황인 것이다.

지극히 비정상적이고, 비효율적이다.

그렇기에 군이 제대로 된 무기체계를 갖출 수가 없었던 것이다. 참으로 한심한 노릇이다.

어쨌거나 71조 7,200억 원은 대한민국 국방예산 전체의 2배 가까운 금액이다. 이런 큰 공사를 수주하는데 결정적인 역할을 할 사람은 들어본 적도 없는 전무라고 한다.

겨우 스물다섯 정도로 보이기에 고 실장은 고개를 갸웃거렸다. 믿어지지 않은 때문이다.

---

2) 군정권(軍政權) : 군 내부의 군사행정명령권. 예산, 군수, 인사, 징병, 무기, 예비군 및 군 행정의 명령권
3) 군령권(軍令權) : 실제 작전 명령권

"정말인가?"

"네! 전무님은 정말 대단하신 분이세요."

"흐음! 그래?"

뭔가 믿음직하지 않다는 표정이다.

"지난 4월에 유니콘 아일랜드와 양평의 비사업용 부동산이 일괄매각된 거 아시죠?"

"그럼! 두 개 합쳐서 대략 1조 원 정도 되는 걸로 알고 있네. 그러고 보니 그때 대리에서 과장으로 진급했지, 아마!"

"맞아요! 저는 대리에서 과장으로 진급했고, 여기 김지윤 차장님은 그때 대리였다가 두 계급 승진했죠."

"그래! 기억하네, 그런데 그 이야긴 왜 갑자기……?"

당연히 기억하고 있다.

김지윤 차장은 두 계급 승진과 더불어 77억 4,000만 원을 포상금으로 받았고, 조인경은 14억 3,700만 원을 받았다.

뿐만 아니라 사업개발부는 38억 7,000만 원을, 대표이사 비서실은 7억 1,850만 원을 부서포상 받은 바 있다.

법무팀 직원들뿐만 아니라 고 실장 역시 몹시 부러워했다. 돈 싫다는 사람은 없는 때문이다.

하여 한동안 김지윤과 조인경, 그리고 개발사업부와 대표이사 비서실을 선망의 눈초리로 바라보았었다.

상상도 못 해본 포상금 규모였으니 당연히 기억하고 있다.

"그때 9,177억 원 정도 되는 부동산을 현금으로 매입한 분이 바로 전무님이세요."

"……!"

고 실장이 눈에 뜨이게 움찔거린다. 1조는 결코 작은 돈이 아니기 때문이다.

이때 김지윤이 끼어들어 쐐기를 박는다.

"전무님은 신수동과 서울 시내 100곳에 건물을 지으실 계획이에요. 그거 공사비만 6조 원 가까이 되요."

"6조 원……?"

규모가 상상을 초월한다.

"근데 진짜 엄청난 건 뭔지 아세요?"

"엄청난 거…? 뭔가?"

"이번에 신수동에 부동산을 매입하셨어요. Y—빌딩을 올릴 땅 4만 5,000평과 인근 아파트 1,500세대 정도를 매입하셨지요. 그 비용만 2조 5,000억 원이 넘었어요."

"4만 5,000평짜리 땅에 있는 아파트 1,500채를 샀다고?"

"아뇨! 부지와 별도로 아파트를 사셨어요."

"헐~!"

"그 비용 전부 현금이에요. 단 한 푼의 융자도 없었어요."

"회장님의 현금 동원력이 대단하신 모양이군."

손주에게 회사를 편법 증여하는 거라 생각한 모양이다. 이런 건 즉시 바로 잡아줘야 한다.

"네? 회장님하곤 아무 관계없어요."

"엥? 회장님 손주가 아니신가?"

"손자는요. 전무님은 한국인도 아니신 걸요."

"아! 원정출산 뭐 이런 간가?"

"아뇨! 전무님은 남아공분이세요. 거기서 의대를 졸업하신 의사시고요. 별도로 투자기업을 소유하고 계세요. Y—인베스트먼트라는 회사요."

"Y—인베스트먼트?"

"네! 국내에 많은 자회사들이 설립되는 중이에요. 걸 그룹 다이안이 속한 Y—엔터, Y—에너지, Y—메디슨, Y—스틸, Y—파이낸스, Y—빌딩, Y—어패럴, Y—코스메틱 등이 있어요."

"……!"

"이 회사들의 공통점은 차입금이 하나도 없다는 것과 자본금 규모가 모두 1억 달러 이상이라는 거예요."

고 실장은 이건 대체 뭔가 하는 표정이다. 이때 김지윤의 말이 이어진다.

"그중 Y—빌딩 자본금이 가장 많은 80억 달러고요. Y—파이낸스는 70억 달러예요."

각각 9조 4,060억 원과 8조 2,302억 원이나 된다. 합치면 17조 6,362억 원이다. 상상을 초월한 금액이다.

"……?"

"이밖에 Y—PS와 Y—모터스, Y—조선소 등을 추가로 더 만드신대요."

조금 전 식사를 하는 동안 추가로 진행할 사업에 대한 이야기를 하던 중 들은 것이다.

PS는 뭐 하는 회사인지 알 수 없지만 둘은 자동차와 선박을 만드는 회사일 것이다.

"그리고 Y─기연과 Y─소재 등도 만드신대요."

"……!"

뭘 얼마나 더 만들지 알 수는 없지만 확실한 건 하나다. 하인스 킴은 이연서 회장의 가족이 아니다.

재벌사 총괄회장이기는 하지만 17조 원이 넘는 돈을 현금으로 갖고 있지는 않을 것이기 때문이다.

"참! 지금 총괄회장님과 사장님이 이쪽으로 오시는 중이라고 하셨어요. 그러니까 경찰서에 계시도록 하면 안 됩니다."

"총괄회장님과 사장님이……?"

얼마나 중요하면 그 바쁘신 양반들이 만사를 제쳐두고 오겠는가! 고인성 법무실장은 이 말을 듣는 순간 사태의 심각성을 깨달았다.

"알았네! 기필코 그런 일이 일어나지 않도록 하겠네."

"네. 그러셔야 해요."

"근데 자네들은 왜 여기에 있었나?"

"저흰 전무님 비서로 발령 났어요."

"조인경 과장도?"

신형섭 사장이 조인경 과장을 얼마나 총애하는지 알기에

묻는 말이다. 얼굴 예쁘고, 몸매 좋아서가 아니다.

조인경은 업무 능력이 발군이다.

또한 기지 넘치는 사업 제안도 많다고 한다. 하여 대표이사 비서실의 실세 중의 실세라는 소문이 났다.

그런 조 과장은 전무 비서실로 보냈다 함은 그만큼 중요한 일이고, 인물이라는 뜻이다.

"네! 저도 전무님 비서가 되었어요. 김 차장님은 외부 담당이고 저는 내부 담당 비서예요."

"…알겠네, 잠시만!"

고 실장은 현수에게 다가가 정중히 고개를 숙였다.

"전무님! 법무실장 고인성 이사입니다."

"아! 반갑습니다. 하인스 킴입니다. 저 때문에 오신 거죠?"

"네! 회사에서 긴급히 출동하여 전무님을 살펴 드리라고 하여 나왔습니다."

전직 지청장이다. 한 지역의 검사들을 총괄하던 인물인지라 웬만하면 남들에게 고개를 숙이지 않는다.

그런데 현수 앞에선 저절로 고개가 수그려졌다. 물론 본인은 왜 그런지 전혀 느끼지 못하고 있다.

같은 순간, 고 실장과 같이 온 법무실 직원들은 고개를 갸웃거린다. 법무실장이 고개를 숙이는 사람은 신형섭 사장과 박준태 전무밖에 없기 때문이다.

이연서 총괄회장은 아예 만난 적도 없다.

"죄송합니다. 귀찮은 발걸음을 하게 하였네요. 잠시만 기다려 주세요."

"네? 아, 네에."

고인성 실장이 고개를 끄덕일 때 도로시를 통한 지시가 내려졌다.

광학스텔스 기능을 가동한 채 지근거리에서 경호하고 있던 신일호에게 USB를 구입해 오라는 지시를 내린 것이다.

신일호가 사올 USB에는 조금 전에 있었던 천강호 일행과의 실랑이 장면이 녹화된 파일이 들어 있을 것이다.

현수가 누군가를 기다리는 듯한 표정을 보이자 고 실장은 혹시 이연서 회장이나 신형섭 사장이 오나 싶어서 같이 바라보았다. 이때 언덕 아래로부터 한 사내가 다가온다.

당당한 체격을 가진 검은색 양복 차림이다. 한눈에 보기에도 경호원이라는 인상이 짙다.

"전무님! 구해왔습니다."

"아! 그래요? 영상은 제대로 녹화되어 있던가요?"

"네! 다행히도……."

USB를 건넨 신일호와 현수는 형식적인 대화를 했다.

현수는 신일호로부터 건네받은 USB를 고인성 법무실장에게 건넸다.

"조금 전 이곳에서 있었던 장면이 녹화되어 있을 겁니다."

"네? 어떻게?"

고인성 실장은 주변을 둘러보다 명월관 앞쪽을 찍는 CCTV를 보고는 고개를 끄덕인다. 누가 돌려놨는지 몰라도 사건 현장 쪽을 향하고 있었던 것이다.

"그래도 일단 경찰서까지는 동행하셔야 합니다."

"네! 그러시죠."

고인성 실장이 최 경사와 몇 마디 말을 나누었다. 전직 지청장이라 그런지 고분고분하다 못해 굽실거리기까지 한다.

이세찬 변호사는 꿀 먹은 벙어리가 된 채 아무 소리도 내지 않고 있었다.

보아하니 천강호 쪽이 가해자인 듯싶다.

이쪽은 건장한 사내가 다섯이다. 천강호는 재벌가의 후손이고 나머지는 경호 목적으로 배치된 인원이다.

K그룹이 재벌로 성장하는 동안 망한 회사와 피해를 입은 사람들이 상당히 많다. 따라서 원한으로 인한 앙심을 품은 자들이 여럿일 것이다.

실제로 K그룹 직계가족 및 고위임직원 중 몇몇이 고의적인 차 사고를 당한 바 있다. 이밖에 퇴근길을 기다리고 있던 퍽치기 사고도 여러 번 있었다.

이후 직계 후손 또는 고위 임직원 곁엔 늘 경호원들이 배치되었다.

어쨌거나 이쪽은 사내만 다섯이고, 저쪽은 호리호리한 체격의 사내 하나와 절세미녀 두 명이다.

술 한잔하다 여인들의 미모에 정신 나간 천강호가 집적거리다가 거꾸로 당한 듯싶다.

게다가 누가 신고했는지 몰라도 마약수사대가 오고 있는 중이다. 천강호가 투약행위를 했다면 구속이 분명하다.

현재 마약으로 인한 집행유예 기간에 있기 때문이다.

그들이 오기 전에 천강호를 빼돌리는 것이 최선이다. 그런데 그럴 수가 없다. 고인성 실장 때문이다.

왜 옷을 벗었는지 알 수는 없지만 차차기 검찰총장이 유력시되던 인물이다.

정치적으로는 거의 완벽한 중립이다. 그리고 성정이 올곧아서 트집 잡을 것이 없기 때문이다.

'젠장! 진급은 글러먹었군.'

사건 현장을 찍은 파일이 있다면 결정적인 증거가 된다.

이세찬은 다른 회사로부터 받은 스카우트 제의를 신중히 고려해야겠다는 생각을 했다. 급여는 현재와 같지만 규모가 작아서 거들떠보지도 않던 기업이다.

'근데 저놈은 대체 누구지? 천지그룹에 저런 놈이 있었나?'

이세찬이 K화학 법무팀으로 이직한 직후 하나의 파일을 전달받았다. 제목은 100대 기업 인명부였다.

K그룹보다 상위 재벌사들의 경우는 3세는 물론이고 4세까지 모든 프로필이 담겨 있었다.

사진을 필두로 성명, 나이, 직위, 학력, 교우관계, 성품, 취미 등이 자세히 기록되어 있다.

K그룹보다 규모가 작은 곳은 17세 이상인 2세까지만 다루고 있었다.

천지그룹은 K그룹보다 규모가 크다. 따라서 이연서 총괄회장부터 젖먹이 4세까지 모두 기록되어 있었다.

*　　　*　　　*

사법시험을 통해 검사가 되었던 이세찬은 암기력이 뛰어난 편이다. 한번 보면 웬만해선 잊지 않기에 술좌석에서 특기가 뭐냐고 하면 암기력이라는 우스갯소리를 하곤 했다.

트럼프 52장을 마구 섞은 뒤 이를 펼쳐 1분 정도 보여주고 순서대로 외워보라고 하면 적어도 앞부분 20장은 틀리지 않고 외울 정도이다.

법무팀은 고정된 업무가 없다. 계약서 검토 같은 건 신출내기 변호사들의 업무이다.

이세찬은 개중에 거물이다. 그렇기에 하루 종일 사무실에서 빈둥대다 퇴근하는 경우가 많았다.

그럴 때마다 100대 기업 인명부를 펼쳐놓고 내용을 확인하곤 했다. 한번 외웠다 하여 그 기억이 영원한 건 아니기 때문에 주기적인 점검이 필요했다.

언제 어떤 자리에서 누구와 만날지 모르는데 실수해선 안 되기 때문이기도 하다.

어찌 되었든 현수는 100대 기업 인명부에 없는 인물이다. 이건 확실하다. 오늘도 하루 종일 빈둥대고 있었다.

하여 인명부를 보고 있었다. 오전엔 현대그룹과 삼성그룹 인명부를 보았고, 오후에 본 것이 천지그룹의 것이다.

이연서 회장을 비롯한 직계자손들은 물론이고 방계까지 싹 다 훑어보았다.

이 인명부는 매달 1일에 업그레이드된다.

혼인을 통한 새로운 가족이 발생되기도 하고, 사망하여 인명부에서 지워지는 인물도 있기 때문이다.

사위나 며느리를 얻는 경우엔 출신가문의 부모와 형제들의 이력과 현재 직위 등이 기록된다.

사망자가 발생한 경우는 사망일과 장례식을 치른 병원, 그리고 장지까지 기록되고, 유산의 분배상황 또한 일목요연하게 정리된 파일이 올려진다.

누가 후계자가 되는지 가늠할 수 있는 좋은 자료이다.

어쨌거나 천지그룹은 변동사항이 없었다. 그런데 새파랗게 젊은 친구에게 고인성 실장이 고개까지 숙인다.

하여 고개를 갸웃거렸다.

'뭐지? 조사가 잘못된 건가? 이럴 땐 누구에게 이야기해 줘야 하는 건가? 지청장님이 고개를 숙일 정도면 거물이라는 뜻

인데 왜 명단에 없을까?'

이세찬 변호사가 이런저런 생각을 하고 있을 때 마약수사대라 쓰인 승합차 한 대가 빠른 속도로 다가온다.

'아차!'

이세찬은 서둘러 휴대폰 버튼을 눌렀다. 그러고는 구석으로 가서 상황보고를 하고 지시를 기다렸다.

인상이 점점 썩어가는 걸 보면 호된 꾸지람을 듣는 모양이다.

"대검찰청 마약수사대 박기문 경위입니다. 신고 받고 왔습니다."

사람들이 많아서 누가 마약투약자인지 확인할 수 없었던 모양이다. 이때 현수가 나섰다.

"누가 신고했는지는 모르겠지만 저 친구가 마약을 한 것으로 의심됩니다."

현수의 시선을 따라 자리에서 일어서고 있는 천강호를 바라본 박 경위는 의아하다는 표정이다.

마약 투약현장을 본 것도 아닌 것 같은데 어떻게 아느냐는 표정이다.

"네? 그걸 어떻게……?"

"눈동자가 조금 이상하더군요."

"그렇습니까? 알겠습니다."

박 경위는 비로소 정신을 차린 듯 현수를 째려보는 천강호에게 다가갔다. 그러고는 뭐라 뭐라 이야길 하더니 동행했던 수사관을 부른다.

"이 친구 연행해."

"안 됩니다."

둘 사이를 끼어든 건 이세찬 변호사이다. 이 변은 자신의 명함을 내밀며 말을 이었다.

"저 친구와의 다툼으로 기절했다 이제 겨우 정신을 차린 상황입니다. 문제가 있을지 모르니 종합병원으로 가서 정밀검사를 해야……."

이 변호사가 말을 하는 동안 박 경위는 천강호의 팔을 살폈다. 아직 날이 더움에도 긴소매 옷을 걸치고 있기에 이를 걷어본 것이다.

얼떨결에 당한 천강호가 깜짝 놀라며 물러서려 했지만 박 경위가 조금 더 빨랐다.

"김 수사관! 이 친구 연행해."

박 경위의 명에 따라 동행했던 수사관이 천강호의 팔목에 수갑을 채웠다.

"병원에 먼저 가는 거 동의합니다. 저희 차로 갈 테니 따라오십시오."

"야! 니들 내가 누군지 몰라? 어서 이거 안 풀어? 니들 다 옷 벗고 싶어? 앙? 야! 어서 풀어, 풀란 말이야."

천강호가 발버둥치는 동안 박 경위는 박상사와 조직원 넷의 소매를 걷어보았다.

"당신을 마약사범으로 체포합니다. 당신은 묵비권을 행사할 수 있고, 변호사를 선임할 수 있습……"

박 경위는 빠른 속도로 미란다 원칙을 읊으면서 수갑을 채웠다. 조직원들은 도주할 엄두조차 내지 못하였다.

주변에 인물이 많아서가 아니다. 천강호가 승합차에 태워지는 모습을 보아서이다.

경호 대상자가 잡혀갔는데 본인만 멀쩡한 모습으로 돌아가면 어떤 일이 벌어질지 뻔히 알기 때문이다.

넷 중 둘의 손목에 수갑이 채워졌다.

"최 경사님! 마약사범 증거 확보를 위해 가까운 병원에 들렀다가 곧장 광진경찰서로 가겠습니다."

"그, 그러시죠."

최 경사는 우물우물하다 고개만 끄덕였다.

계급도 자기보다 높고, 대검찰청 소속이다. 그리고 재벌들이 관련된 일이다. 자칫 고래 싸움에 등 터지는 새우가 될 수 있음을 알기에 순순히 고개만 끄덕인 것이다.

"하인스 킴 씨는 저희랑 같이 가시죠."

최 경사가 순찰차를 가리킬 때 검은색 메르세데스 마이바흐 S-600이 다가오더니 멈춰 선다.

회장님 차로 유명한 모델이다. 운전석 유리창이 스르르 내려가더니 김지윤의 예쁜 얼굴이 드러난다.

"전무님은 이 차 타고 가세요."

"……!"

전무라는 말 한마디에 모두의 시선이 쏠렸다. 특히 이세찬 변호사는 놀란 가슴을 쓸어내렸다.

승합차에 태워진 천강호는 재벌의 후손일 뿐 아직 아무런 직책이 없다.

그런데 겨우 스물다섯으로 보이는 현수에게 전무님이라고 했다.

지금껏 감춰져 있었고, 아무도 몰랐던 이연서의 직계후손일 확률이 매우 높다는 뜻이다.

그런데 문득 스치는 상념이 있다.

'이 회장님은 담백한 성품이라 평생 여인을 가까이 하지 않았다고 들었는데… 누구의 자식이지?'

이세찬 변호사가 고개를 갸웃거릴 때 고인성 실장이 입을 연다.

"저희가 전무님을 모시고 경찰서로 가면 되지요?"

"네? 아, 네에. 그, 그러시오."

잠시 후, 경광등을 켠 순찰차가 달리기 시작했다.

최 경사와 박 경장이 앞에 탔고, 박상사파 조직원 둘은 뒤에 탔다.

순찰차 바로 뒤는 마이바흐이다.

뒷좌석엔 당연히 현수가 탔고, 지윤이 운전하고 인경은 조수석에 앉아 있다.

바로 뒤엔 고인성 실장 일행을 태운 두 대의 승용차이고, 다음으로 이세찬 변호사와 그 일행의 차가 따르고 있다.

말미엔 Z방송사 강철민 기자의 차가 달린다. 이 차엔 김 순경과 이 순경이 타고 있다.

경찰서에 당도하자 기다리고 있던 형사들이 맞이한다.

얼마 후 현수와 김지윤, 그리고 조인경은 풀려났다.

CCTV에 찍힌 영상은 누가 가해자인지를 확실하게 보여주었다.

먼저 공격한 건 전대갈이고, 곧이어 천강호와 나머지 도 가담해서 현수 하나를 공격했다.

인원수에 밀려 현수가 먼저 맞았다. 그러다 회칼이 등장했고, 현수의 반격에 의해 모두 쓰러지는 것으로 끝났다.

너무도 명명백백하기에 이세찬은 현수가 피해자이고, 정당방위라는 걸 인정했다.

박상사파 조직원들도 할 말이 없는 듯하다. 무기도 없는 일반인을 상대로 소위 조폭의 행동대원이라 하는 자신들이 회칼까지 꺼내 들었지만 일방적으로 얻어터지는 영상이다.

어찌 안 쪽팔리겠는가!

잠시 후, 마약수사대로부터 연락이 왔다. 천강호를 비롯한 둘이 마약 투약을 순순히 자백하였다는 내용이다.

이세찬은 부리나케 휴대폰으로 연락을 하였고, K화학 법무팀엔 비상이 걸렸다.

박상사파 조직원 둘을 내버려 둔 채 대검찰청으로 출동하라는 지시라도 받았는지 서둘러 사라졌다.

"오늘 참 좋은 날이었는데 마(魔)가 꼈네요."

"그러게요."

"나 때문에 괜한 마음고생을 한 건 아닌지 모르겠네."

"아휴! 괜찮아요. 그나저나 다치신 데는 어떠세요?"

"맞아요. 병원 가보셔야 하는 거 아닌가요?"

"난 괜찮아요."

"김 차장님, 현대아산병원으로 가시죠."

"네! 그렇지 않아도 그러려고 했어요."

"아니! 정말 괜찮으니까 거기 가지 마요."

지윤은 룸미러로 흘깃 현수를 바라본다.

정말 멀쩡한지를 살피는 것이다. 인경 또한 고개를 돌려 현수에게 시선을 주고 있다.

"프리토리아에 있을 때 무술을 배웠어요."

"엥? 아프리카에도 무술이 있어요?"

김지윤의 물음이었다.

"그럼요! 사회적 결투나 흉포한 맹수로부터 목숨을 지키기 위해 계승되는 게 있어요. 굉장히 종류가 다양한데 그중 하나가 '세베까'라는 격투기예요."

"세베까요?"

"사자와 싸우는 무술로 '낙바부카' 라는 게 있어요. 마사이족 전통무술이죠. 마사이족은 8살부터 사냥을 시작해요. 그러다 사자를 사냥할 수 있어야 결혼을 하죠."

"네에? 사자를 사냥해요?"

인경은 덩치 큰 숫사자를 떠올리는 모양이다.

"'롱구' 라고 불리는 자루가 긴 망치같이 생긴 무기를 들고, 한 손엔 방패를 쥔 채 싸우죠. 때로는 위압적인 소리와 표정을 지으며, 마치 치타가 공격하는 듯 낮은 자세로 상대방에 파고드는 거예요."

현수가 설명한 낙바부카는 지난 몇 년간 케냐 무술대회에서 최우수상을 차지하면서 아프리카를 대표하는 전통무술이 되었다.

"세베까는요?"

"세베까는 무기 없이 맨손으로 상대를 제압하는 격투술이에요. 고수가 되면 온몸이 흉기가 되죠."

"아! 아까 그래서……."

둘은 현수가 천강호 일행을 제압하는 현장을 목격하지 못하였다. 그러기엔 너무 빨리 끝났기 때문이다.

지윤과 인경이 본 건 천강호가 기절한 다음 장면부터이다.

어쨌거나 상대는 회칼을 든 깡패 같은 놈들이다. 그런 놈들 다섯을 상대로 별다른 부상 없이 제압했다.

"전무님은 세베까의 고수시죠?"

"…그렇다고 할 수 있죠."

"그거 호신술로도 괜찮은 건가요?"

지윤의 말을 인경이 바로 받는다.

"저희도 배울 수 있을까요?"

"… 배울 수는 있지만 일정한 수준에 도달하려면 너무 힘들어요. 그러니 다른 무술을…"

지윤이 현수의 말을 자른다.

"치이! 갈켜 주기 싫으시구나."

왜 이러나 싶어 흘깃 바라보았다. 입술을 삐죽 내밀고 있으니 삐쳤다는 건 알겠는데 그 이유는 모르겠다.

'내가 여인을 가까이한지 너무 오래된 건가?'

황제를 상대로 삐치는 여인이 얼마나 있겠는가!

지현과 연희 정도만 가끔 삐쳤음을 드러낼 뿐 다른 아내들은 모두 순종적이었고, 고분고분했으며, 불만 없는 모습이었다. 모든 게 뜻대로 되는데 삐칠 일이 뭐가 있겠는가!

그러고 보니 마인트 대륙의 1황비 '싸미라 브리프 폰 가르멜' 또한 가끔 삐친 모습을 보여주었다.

'맥마흔의 요정'이라는 애칭으로 불렸고, 사서(史書)엔 마인트 대륙 역사상 최고 미녀였다고 기록되어 있다.

1994년도의 미스월드 1위였던 인도의 배우 '아이쉬와라 라이(Aishwarya Rai)' 같은 분위기의 절세미녀이다.

싸미라가 감히 삐친 모습을 보여준 이유는 현수가 좋아해서이다. 그녀가 입술을 삐죽일 때마다 너무 예뻐서 꼭 안아주곤 했더니 일부러 그런 것이다.

현수가 고개를 갸웃거릴 때 지윤이 말을 잇는다.

"전무님이랑 같이 있고 싶어요."

"네……?"

이게 무슨 소리인가? 남들이 들으면 충분히 오해할 만한 이야기를 아무렇지도 않은 표정으로 이야기했다.

그런데 조인경마저 끼어든다.

"저도요! 그거 어려워도 한번 배워보고 싶어요."

현수가 대꾸하지 않자 조인경이 말을 잇는다.

"회사에 임원용 체력단련실이 있어요. 아무도 이용하지 않아서 늘 비어 있지만요."

조인경의 말대로 천지건설엔 임원용 체력단련실이 있다. 신형섭이 대표이사에 취임한 이후에 생겼다.

신 사장만 가끔 이용할 뿐 다른 임원들은 거의 사용하지 않아 늘 비어 있다. 그럼에도 없애지 않는 건 언젠가는 누군가 쓰겠지 하는 마음 때문이다.

"회사 말고 마포에도 수련장 하나 마련하면 안 되나요?"

갈수록 태산이다. 하여 현수가 멍한 표정을 지을 때 인경이 거들고 나선다.

"그거 좋겠네요. 그리고 저도 마포에 한 번 가보고 싶어요.

거기 가면 요즘 인기 최고인 다이안을 만날 수 있다면서요?"

지윤도 오며 가며 가끔 마주쳤을 뿐 직접 인사를 하는 사이는 아니다.

늘 그렇듯 인경과 대화하다 약간의 과장을 섞은 모양이다.

Chapter 04

—

매일 보는 건 아니구요

"매일 보는 건 아니고요. 어쩌다 보는 거예요."

"그런가요? 난 요즘 '지현에게' 와 '첫만남' 이라는 노래에 꽂혔어요. 하루 종일 듣고 또 듣는데도 질리지가 않아요."

"어머? 그래요? 저도 그런데… 그 노래들 듣고 있으면 괜히 기분이 차분해지고 그러지 않나요?"

"어머! 나만 그런 줄 알았는데 김 차장님도 그래요?"

조인경은 후배임에도 상사 대접을 깍듯하게 하고 있다.

"네! 듣고 있으면 괜스레 차분해지는데 그러면서도 기분이 좋아요. 근심 걱정 많은 사람들에게 아주 좋은 노래죠."

지윤과 인경은 모처럼 공통 화제라는 듯 쉬지 않고 종알거렸다. 그사이에 세베까에 관한 관심은 식은 듯했다.

참으로 다행한 일이다.

아프리카 고유무술인 세베까를 배우려면 근력부터 키워야 한다. 강한 힘을 바탕으로 하는 무술인 때문이다.

특히 코어근육이 많이 발달해야 가능하다. 나머지 근육도 마찬가지이기는 하다.

아무튼 김지윤이나 조인경은 평범한 직장인이다. 지금껏 업무가 많았고, 스트레스도 많았을 것이다.

헬스클럽 회원권은 있을지 몰라도 규칙적이고, 꾸준한 운동을 한 것 같지는 않다. 따라서 최소 수준에 당도하는 것만으로도 상당한 시간이 필요했을 것이다.

코어근육을 효과적으로 발달시키려면 정확한 자세와 그에 맞는 호흡이 필요하다. 계속 지켜봐야 한다는 뜻이다.

그런데 지금 그럴 시간이 어디에 있는가!

평범한 유희를 해보고 싶어서 시작한 게 웨이터였다.

그러다 동생이 있다는 걸 알게 되었고, 상황을 개선시키려면 돈이 필요하다 하여 노래를 불렀던 것으로 시작되어 현재에 이르렀다.

기왕에 나선 것이니 제대로 해야 한다. 뜨뜻미지근한 것은 현수의 성품에 맞지 않기 때문이다.

그러려면 상당히 바빠질 것이다. 따라서 둘의 운동을 지켜봐야 하는 건 별로 내키지 않는 일이다.

그래서 어찌하나 고민했는데 스스로 알아서 화제를 바꿔주니 고맙기는 하다.

조인경의 집은 구의역 인근 빌라라 하여 그곳에 내려주고 마포로 돌아가는 길이다.

조용히 창밖 풍경에만 시선을 주고 있던 현수가 문득 생각난 듯 입을 연다. 지윤은 현수의 상념을 방해하지 않기 위해 운전에만 열중하는 중이다.

"김 차장! 조 과장 부모님은 뭘 하시는 분인지 알아?"

경찰서에서 조서를 작성하고 잠시 기다리는 동안 이런저런 이야기를 하던 중 말을 놓으라 하여 반말로 바뀐 것이다.

"조 과장님 어머님은 3년 전에 작고하셨고, 아버님은 뺑소니 피해를 당해 병원에 입원해 계신 걸로 알아요."

"부유한 집안이셨나?"

"평범한 가정이었다고 들었어요."

"흐음! 그럼 형편이 어렵겠네."

"회사에서 받은 포상금이 큰 힘이 되었을 거예요."

"그런가? 어디가 얼마나 편찮으신데?"

"교통사고 때 척추에 손상이 와서 운신이 여의치 않으신 모양이에요. 그래서 늘 돌봐줄 사람이 필요해서 요양병원에 모셨대요."

"병원비와 간병비가 상당했겠네."

"그래서 휴일이나 주말이 되면 조 과장이 병원에 머물면서 수발을 들어드린 모양이에요."

간병비를 한 푼이라도 아끼려 했다는 뜻이다.

"흐으음!"

현수는 잠시 고민해 보았다. 조인경을 어찌해야 할지를 생각해 본 것이다.

서울대학교를 우수한 성적으로 졸업한 재원이다.

그런데 현실적인 어려움 때문에 피곤에 찌든 모습을 보이고 있으니 웬만하면 돕고 싶은 마음이 든 것이다.

아울러 자신의 비서가 되었으니 처우를 개선하여 활기찬 모습을 보고 싶기 때문이기도 하다.

"내일 조 과장 아버님의 의무기록을 내가 볼 수 있었으면 하는데 가능한지 물어봐줘."

"네! 전무님, 아니, 대표님!"

현수가 의사라는 것을 알기에 고개를 끄덕인다.

"그나저나 여관 건물 리모델링은 어떻게 진행되고 있지?"

"거의 끝나가요."

"거기 내 진료실 만드는 거는 알지?"

"그럼요! 근데 간판은 안 다신다면서요?"

"굳이 그럴 이유가 없으니까."

"그럼, 일반 환자는 안 받으시려고요?"

"주변에 병원이나 의원들 많은데 뭘…! 그래도 사업자등록은 할 거야."

"네! 그러셔야죠. 그래야 나중에라도 뒷말이 없을 거예요."

"참! 김 차장 친인척 중엔 아픈 사람 없지?"

"네! 다행히도 모두 건강하셔요."

"에이프릴 증후군 환자는……?"

"그건 나쁜 놈들만 걸리는 거라면서요? 저희 가족 중엔 그런 사람 하나도 없어요."

지난 4월부터 시작된 에이프릴 증후군은 크게 두 가지로 나뉜다.

하나는 매일 고통을 겪는데 그 빈도에 약간의 차이가 있는 경우이다. 적게는 한 번, 많게는 여덟 번까지 죽을 것 같은 고통이 엄습한다.

온몸이 불에 타는 고통이거나 손가락이나 발가락이 잘려나가는 듯한 고통이고, 이 세상 어떤 진통제로도 다스려지지 않는 통증이다.

다른 하나는 급속도로 암이 진행되는 것이다. 아울러 지독한 고통이 수반된다.

전자는 고통스럽기만 할 뿐 생명엔 지장이 없지만, 후자는 고통을 겪을 뿐만 아니라 죽을 확률이 매우 높다.

에이프릴 증후군이 나타나기 시작한 4월부터 7월 말까지는 사망자 수가 적었다.

원래 지병이 있었거나, 아주 고령이었거나, 고통을 견디다 못해 자살하는 경우 외에는 사망자가 없었다.

그런데 8월 초부터는 사망자가 크게 늘었다.

암에 걸리는 경우 손쓸 틈 없이 온몸으로 전이되는가 싶더니 순식간에 목숨을 앗기 시작한 것이다.

신문사와 방송사 사주일가를 시작으로 전직 현직 편집인이나 고위 임원들이 가장 먼저 죽어나가기 시작했다.

8월 한 달에만 약 4만 명의 전, 현직 언론종사자들이 세상과 하직했다. 이들의 공통점은 쓰레기 언론사에 재직하고 있었거나 '기레기'였다는 것이다.

가짜 기사를 만들었거나 사실을 왜곡하여 본인들 입맛에 맞는 기사를 남발하던 놈들이 대상이었다.

어쨌거나 기존의 암환자 중에는 사망자가 전혀 없다.

반면, 에이프릴 증후군으로 인한 암환자의 사망만 크게 늘은 것이다.

같은 기간 동안 1만 5,000명이 넘는 법조계 인사들 또한 목숨을 잃었다.

전직 현직 판사와 검사, 그리고 변호사가 그들이다.

납득 안 되는 판결을 했거나, 구속해야 할 인물의 구속영장 청구를 기각하던 판사들이 첫 번째로 죽어나갔다.

솜방망이 처벌을 일삼거나 집행유예를 남발했던 전, 현직 판사들 또한 암으로 인한 고통을 호소하다 세상과 하직했다.

다음으로 정치적 편향, 혹은 개인적 이득을 꾀하려 억울한 사람을 양산하던 전직 현직 검사들이 운구차를 탔다.

남들에게 억울함과 고통을 주는 것은 아무렇지도 않지만 자신이 아픈 건 견딜 수 없었는지 매일 몇십 명씩 아파트 옥상에서 뛰어내려 생을 마감했던 것이다.

이 중엔 정수지의 남편인 최민규 판사도 포함되어 있다.

다음은 친일파 후손들의 땅 찾기와 위안부 관련 소송과 관련된 변호사들이 죽어나가기 시작했다.

동시에 범죄인들 편에 서서 정의를 왜곡시킨 변호사들 또한 자살을 시도했다.

이들뿐만이 아니다.

방산비리와 연루된 전 · 현직 군인들과 부정부패와 연루된 전, 현직 국회의원들도 상당히 많이 관 속으로 들어갔다.

아울러 전, 현직 경찰관들도 상당히 많이 죽었다. 경찰 중엔 과거에 고문행위를 했던 자들이 대거 포함되었다.

법원은 갑작스러운 판사들의 죽음으로 재판일정이 연달아 연기되었고, 재판관도 많이 교체되었다.

판결을 내릴 놈들이 뒈져 버렸으니 당연한 일이다.

검찰 또한 업무가 마비되긴 마찬가지이다.

얼마 전까지만 해도 멀쩡하게 룸살롱과 골프장을 전전하던 놈들이 계속해서 죽어나갔다.

덕분에 에이프릴 증후군에 감염되지 않은 비교적 양심적이고 보편적인 상식을 가진 판사와 검사들의 업무량만 왕창 늘어나 매일 야근하는 중이다.

변호사 사무실과 로펌들도 많이 문을 닫았다.

덕분에 장례업계만 호황을 맞이했다. 수의(壽衣)와 관(棺), 그리고 납골당이 부족한 현상이 빚어질 정도이다.

이전 같으면 언론에서 난리를 쳤을 것이다. 온갖 추측이 난무되었을 것이고, 뉴스도 시끄러웠을 것이다.

그런데 그러지 않았다.

언론계는 물론이고 정치계와 법조계, 군부 등은 납작 엎드린 채 건강체크를 하느라 여념이 없다.

에이프릴 증후군이 전염된다는 괴소문이 나돈 덕분이다.

이 괴질은 한국에만 존재했었다.

미국의 뉴스방송 CNN에선 한국인이 전 세계에서 암내가 가장 적게 난다는 사실을 발표하면서 이와 관련이 있는 건 아닌가 하는 의견을 냈다.

유튜브 채널을 보면 '한국인은 데오도런트를 안 쓰는데도 왜 냄새가 안 날까?' 라는 내용의 영상이 많다.

영국 브리스톨(Bristol)대학에선 특정유전자의 분포가 땀 냄새에 영향을 미친다는 연구결과를 발표한 바 있다.

아데노신3인산[4] 을 이용하여 여러 가지 기질의 수송에 관여하는 ABC수송체(transpoter)엔 G대립유전자라는 것이 있는

---

4) 아데노신3인산 : ATP(Adenosine Triphosphate) 생물의 에너지대사에 매우 중요한 역할을 함. 생체 내에서 1몰의 ATP분자가 방출하는 에너지는 11~13kcal이다.

데 이게 많을수록 아포크린 땀샘의 땀 분비가 활발하기 때문에 겨드랑이 냄새가 심하게 난다는 것이다.

아프리카인은 100%가 G대립유전자를 가졌지만 한국인은 거의 0%이다. 그래서 한국인에서만 겨드랑이에서 암내가 나는 액취증이 질병으로 취급된다.

CNN 관계자는 G대립유전자와 에이프릴 증후군 사이에 뭔가 커넥션이 있는 건 아닌가 하는 의문을 가졌던 것이다.

과학적으로 규명되지 않았기에 설득력 있는 의문으로 받아들여졌다. 하여 분위기가 느슨해지려 할 때 일이 벌어졌다.

8월 말부터 예멘과 시리아, 이라크, 지나, 태국, 필리핀에서도 에이프릴 증후군이 발생된 것이다.

예멘에선 수니파와 시아파 수뇌부 거의 전체가 암에 걸려서 신음하는 중이다. 각각 500명 정도이니 상층부 괴멸수준이다. 하여 두 종파간의 대립은 완전한 소강상태이다.

이들의 공통점은 암의 발생과 전이가 너무 급진적이라는 것이다. 이들을 진료했던 의사들의 소견은 수술은 해봐야 소용없고, 길어야 1개월을 버틸 것이라 하였다.

말기암으로 인한 통증이 극심하지만 마약으로도 그 정도를 줄여주지 못해 자살자들이 속출하고 있다.

같은 기간 동안 예멘에서 암약하던 IS대원 전부가 고통에 겨운 비명과 발버둥을 치다 스스로 목숨을 끊었다.

죽은 자들은 총 1,884명이다.

데스봇 레벨10이 투여되었으니 당연한 일이다. 이로써 예멘
은 완전한 IS 청정국이 되었다.

시리아에서도 비슷한 일이 벌어졌다.

대통령을 비롯한 각부 장관을 포함한 정부군 고위직 500명
이 폐암이나 췌장암에 걸려 오늘내일 하는 중이다.

반군이라 해서 멀쩡한 것은 아니다. 이들도 수뇌부 전부가
급성췌장암에 걸려 신음하는 중이다.

발병된 걸 안 지 불과 며칠인데 3기까지 진행된 상황이고,
곧 4기가 될 예정이다. 이들의 인원도 500명 정도이다.

이들을 진료한 의사들은 수술할 시기가 이미 지났으며, 10월
달을 넘기기 힘들 것이라는 의견을 내놓았다.

시리아에서 활동 중이던 IS대원 3,000여명 또한 매일매일
비명을 지르다 자살하는 중이다.

시리아도 곧 IS 청정국 대열에 끼어들 예정이다.

*   *   *

이라크 모술을 떠나 알카엠에 집결해 있던 IS대원 1만
4,000명이 거의 동시에 에이프릴 증후군에 걸렸다.

너무 고통스럽기에 수시로 집단자살이 빚어지는 중이다.

IS에 속하면 에이프릴 증후군에 걸린다는 소문이 번지자 하부조직은 급속도로 붕괴되어 버렸다.

전 세계인의 골치를 썩이던 테러단체의 완전한 분열이다.

한편, 지나와 태국, 필리핀을 기반으로 한 보이스피싱 조직에도 벼락이 떨어졌다.

수괴들 70명이 급성폐암에 걸렸고, 조직원 502명은 데스봇 레벨10으로 인한 고통을 겪는 중이다.

남들이 애써 벌어서 모아놓은 돈을 한 방에 거저먹으려던 놈들이니 당연한 처벌이다.

이곳 또한 자살이 만연된 상태이다.

어쨌거나 사태가 벌어지자 시리아, 예멘, 이라크, 지나, 태국, 필리핀은 즉각 전염경로 파악에 나섰다.

자국 국민들의 목숨이 걸린 다른 어떤 문제보다도 중요하고 심각한 일이기 때문이다.

조사 결과는 금방 발표되었다.

'한국에서 몰래 밀입국한 특정종교 관계자들과의 접촉으로 인한 전염이었다' 는 내용이다.

특정종교 선교를 목적으로 입국한 한국인들과 접촉한 자를 시작으로 에이프릴 증후군이 급속도로 퍼졌다는 것이다.

이외엔 감염경로가 전혀 없었다.

현재는 행방이 묘연해진 이들을 찾기 위해 총력을 기울이는 중이다. 물론 찾을 수 없을 것이다.

모습을 바꾼 채 모두 귀국해 있는 상태이기 때문이다.

신일호를 제외한 나머지 8기의 YG—4500들이 특정종교를 선교하는 행위를 하며 돌아다녔던 것이다.

아무튼 한국으로의 입출국은 더욱 엄하게 단속되었다.

특히 특정종교 관련자들의 입국은 선교 목적이 아니더라도 영구히 금지되었다.

이번에 피해를 입은 나라에 국한된 것이 아니라 전 세계 모든 국가가 그런 조치를 내렸다.

다시 말해 한국의 특정 종교인들은 해외여행을 갈 수 없게 되었다.

단순한 관광 목적이더라도 공항에서 곧바로 추방된다.

이란, 이라크, 쿠웨이트, 아랍에미리트 등 모든 아랍 국가에서는 한국인이 종교를 감추고 입국하면 발견 즉시 사살해도 된다는 법령을 반포하였다.

아울러 한국인들과의 접촉을 가급적 피하라는 뉴스를 거의 매시간마다 방송하고 있다.

한국의 주가가 폭락했고, 부동산 시장마저 무너졌다는 소식에 투자하려 마음먹었던 이들은 일제히 발을 뺐다.

돈도 좋지만 목숨을 잃고 싶진 않기 때문이다.

일련의 상황을 지켜보던 미국과 영국을 비롯한 세계 각국에선 대놓고 한국인들을 기피하기 시작했다.

동양인처럼 보이는 이가 다가서면 성난 얼굴 또는 겁먹은 표정으로 '가까이 오지 말라'는 경고를 보낼 정도이다.

매번 말하는 것이 귀찮았는지 '한국인 접근 금지'라 쓰인 티셔츠가 불티나게 팔린다.

심지어 '한국인 접근 시 경고 없이 발포함'이라는 문구가 새겨진 것들도 있다.

음식점과 슈퍼마켓을 비롯한 모든 점포엔 '한국인 출입 금지' 또는 '한국인 절대사절'이란 팻말이 입구에 붙어 있다.

호텔에서도 한국인의 투숙을 거부한다.

외국에서 공부 중인 유학생들은 예외 없이 격리되었다. 이들은 임시 수용소에 머물면서 동영상으로 수업을 듣는다.

격리와 동시에 강의실에 들어갈 자격이 박탈된 것이다.

접근 금지 또는 출입 금지 경고를 무시할 경우 발포해도 된다는 법률이 의회에 상정된 국가들이 상당히 많으며, 표결을 통해 무난히 통과될 것으로 전망되고 있다.

한국과 한국인 전부가 졸지에 전 세계로부터 완전한 왕따를 당한 것이다.

한편, 주한미군들은 전전긍긍하며 모든 훈련을 접었고, 외출과 외박, 그리고 휴가가 금지되었다.

아울러 한국으로부터 출국하지 말라는 명령이 떨어졌기에 모두 기지 내 막사에 머무는 상황이다.

혹시라도 이를 어기는 장병이 발생될 것을 저어하여 모든 비행체의 이륙을 금지시키기도 했다.

미군부대 내 한국인 군속과 카투사(Korean Augmentation to The United States Army)들에겐 즉각 기지 밖 임시 사무실과 막사에서 생활하라는 명령이 떨어졌다.

별도의 명이 있을 때까지 격리된 채 근무하라는 것이다.

아울러 어떠한 경우라도 한국인과의 직접적인 접촉이 금지되었다. 허용된 건 오로지 전화통화뿐이다.

메모지나 서신 교환조차 금지된 것이다.

반드시 얼굴을 봐야 할 경우엔 유리창으로 완전히 격리된 공간에서 송수화기를 통한 대화를 하라는 지침이 내려왔다.

겁쟁이 미국다운 처사이다.

하긴 현 상황을 종합해 보면 에이프릴 증후군은 사망률이 거의 100%인 무시무시한 질병이다.

그러니 이런 조치는 지극히 당연한 일이다.

한국은 현재 모든 바닷길이 막힌 상태이다.

어떠한 선박이든 영해를 벗어나면 그 즉시 지나, 일본 등의 군함에서 발사된 미사일 또는 총탄을 맞게 된다.

잠수함도 마찬가지이다. 미국, 러시아, 일본, 지나의 잠수함과 구축함이 도처에 깔려 있다.

비행기도 마찬가지이다. 사전 통보 없이 영공을 벗어나는 즉시 미사일의 표적이 되어버릴 것이다.

따라서 한국을 탈출할 방법은 휴전선을 넘는 것뿐이다.

이에 휴전선 이북에선 혹시 있을지 모를 월북을 대비한 고도 경계태세가 유지되는 중이다.

누구든 휴전선을 넘어서면 아무것도 묻지 말고 즉각 포화를 집중시켜 제압하라는 명령도 떨어졌다.

북한에서도 에이프릴 증후군이 전염되는 것을 극도로 경계하는 모양이다.

원유 공급이 막히자 정부는 비축유를 푸는 한편 차량 2부제를 실시했다.

홀수 날엔 끝자리가 홀수인 차량만 운행하라는 것이다.

승용차만 대상인 것이 아니라 트럭도 대상이다.

일시적으로 차량 2부제를 어기는 차량에 대해선 벌금 100만 원이라는 고강도 제재를 가하기로 했다.

그래도 이를 어기는 얌체들이 있었다.

이에 정부는 2회 적발 시엔 벌금이 500만 원이고, 3회째는 벌금 1,000만 원과 더불어 운전면허를 취소키로 했다.

4회째는 무면허 운전이니 형사 입건되어 구속되며, 영구히 면허 취득 기회를 박탈하는 것으로 정해졌다.

당연히 외출이 많이 줄어들었다.

이는 극심한 내수 부진으로 이어졌다. 트럭 운행이 제한되어 택배가 원활하지 못한 것도 원인 중 하나이다.

그렇지 않아도 수출과 수입이 모두 막혀 경제가 위축된 상황인데 내수마저 줄어들었다.

코스닥과 코스피의 주가는 더 떨어졌고, 상장기업들이 일제히 쏟아낸 비업무용 부동산은 여전히 팔리지 않고 있다.

게다가 모든 은행에서 대출금리를 왕창 인상하였기에 더 많은 부동산이 매물로 나왔다.

여기에 에이프릴 증후군을 앓는 이들이 내놓는 부동산들이 켜켜이 쌓이고 있다.

계좌에 있던 현금은 물론이고, 외국에 감춰놓았거나, 차명계좌에 은닉해 놓았던 돈까지 모두 증발해버렸다.

그런데 몸이 너무 아파서 입원을 했다.

에이프릴 증후군은 국민건강보험에서 단 한 푼도 의료비 부담을 해주지 않는다고 발표한 바 있다.

심평원[5]에서 정해준 의료수가가 없는 질병인지라 병원들은 부르고 싶은 금액을 불렀다.

그걸 모두 본인이 부담해야 한다.

---

5) 심평원 : 건강보험심사평가원. 보건복지부 산하 준 정부기관. 공정한
요양급여 심사·평가를 통해 국민보건의 향상과 건전한 의료서비스 환경
조성을 목적으로 설립. 의료행위·의약품·치료재료·진료비 등과 관련된
업무도 담당한다.

병원에선 어떻게든 에이프릴 증후군을 잡아볼 생각으로 별의별 방법을 다 동원했다. 물론 사전에 환자 동의를 얻었고, 비용은 몽땅 본인이 부담한다는 서약서를 받아두었다.

그러다 보니 청구금액이 상당하다.

이를 내려면 알토란같던 상가건물이나 빌딩, 아파트, 빌라, 주택 및 전국 각지의 전답과 임야를 내놓아야 했다.

매물 위에 매물이 쌓이는데 매일매일 늘어만 가니 부동산 가격은 폭락에 폭락을 거듭했다.

비교적 저렴했던 강북구, 금천구, 강서구의 아파트 시세는 사태 이전의 40%대가 되어버렸다. 강남, 송파, 서초구의 경우는 이전의 35% 수준으로 떨어졌다.

부동산 불패를 외치며 투기를 거듭하던 이들은 원금 이하라도 얼른 팔아야 했다. 은행 대출금리 때문이다.

누구의 입에서 나온 말인지는 모르겠지만 대출금리가 또 오를 것이라는 소문이 돌고 있었으니 당연한 일이다.

이에 금융감독원이 나섰다.

각 은행에게 더 이상 대출금리를 인상하지 말라는 시그널을 보낸 것이다. 하지만 대주주가 요구하면 또 올릴 것이다. 자신들의 밥줄을 쥐고 있는 자들이기 때문이다.

어쨌거나 매물을 내놓은 사람들은 매일 매일 호가를 낮추는 전화를 해야 했다. 매수세가 전혀 없기 때문이다.

돈 있는 이가 없기 때문이고, 실수요자들은 비싼 대출금리를 감당할 자신이 없었기 때문이다.

이 시기에 인터넷에 묘한 게시물 하나가 떴고, 순식간에 여기저기로 복사되어 갔다.

2014년 8월 28일자 뉴욕타임스(NYT)의 보도 내용 중엔 다음과 같은 것이 있다.

조셉 윤 전 미국 국무부 대북정책특별대표 등이 말하길 북한엔 고품질 우라늄 400만 톤이 매장되어 있다.

우라늄 매장량 세계 1위로 알려진 호주의 170만 톤보다도 훨씬 많은 양이다.

라돈(Rn)은 땅속에 존재하는 방사성 물질인 우라늄과 토륨이 붕괴하는 과정에서 만들어지는 기체 형태의 물질이다.

화학적으로 반응성이 낮아 다른 물질과 화학반응을 일으키진 않지만 물리적으로는 매우 불안정하다.

기체형태인 라돈은 붕괴되면서 납(Pb)이나 비스무스(Bi), 폴로늄(Po) 등의 방사성 미세입자들을 발생시킨다.

이러한 입자들이 공기 중에 떠돌다가 호흡을 통해 폐 깊숙한 곳까지 들어가면 폐 세포나 조직의 손상을 일으키게 되고, 결국엔 폐암으로 발전하게 된다.

세계보건기구(WHO) 산하 국제암연구소는 폐암의 3~14%가 라돈 때문에 기인된 것으로 보고했다.

아울러 라돈을 발암물질 1군으로 분류했다.

폐암 원인 중 흡연이 1위, 라돈이 2위인 것이다.

미국 환경보호청(EPA)은 암으로 사망한 사람 중 10% 이상이 라돈에서 방출되는 방사선 때문인 것으로 보고했다.

북한엔 있는데 한국엔 없을까?

조사해보니 한강 이남 지역에도 우라늄(Ur)과 토륨(Th) 광상이 있는 것으로 의심된다.

에이프릴증후군으로 인한 사망자 중 폐암이 압도적으로 많다는 것을 주목하자.

혹시 라돈 때문은 아닐까?

글이 올라간 직후부터 문의가 빗발쳤다.

무슨 근거로 이런 게시물을 올렸느냐는 것과 우라늄과 토륨이 어느 지역에 매장되어 있느냐는 것이다.

게시물을 올린 신칠호는 미국에서 공부하고 돌아왔다고 본인을 소개했다. 그리고 문의가 많지만 일일이 답변할 수 없으므로 기사의 말미에 추가 글을 올렸다.

저는 에이프릴 증후군 사망자에 대한 통계를 내던 중 이상한 점을 발견하게 되었습니다.

암으로 인한 사망 중 폐암이 압도적으로 많았다는 것입니다. 혹시나 하는 마음으로 통계를 내어보니 강남구, 송파구, 서초구 및 분당 지역 거주자가 월등히 많았습니다.

하여 혹시나 하는 마음으로 라돈측정기로 강남 3구 뿐만 아니라 분당지역을 조사해 보았습니다.

그 결과는 놀라웠습니다.

네 지역 모두 WHO가 정한 라돈허용치 100Bq/㎥을 모두 넘었습니다. 이를 기반으로 우라늄 및 토륨 광상이 있는 것으로 추측한 것입니다.

못 믿으시는 분들은 직접 측정해 보시길 권합니다.

신칠호는 기레기들이 자주 사용하던 수법을 썼다.

WHO의 라돈허용치가 100Bq/㎥인 것은 사실이다. 다만 한국은 화강암 지대인지라 허용치가 148Bq/㎥이다.

국립환경과학원 생활환경정보센터의 자료에 따르면 국내 주택 100채 중 9채는 라돈허용치를 초과한다.

다음은 2015~2016년의 조사내용 중 일부이다.

장소	유형	겨울철 실내라돈농도
보은군	단독주택	1639.2Bq/㎥
완주군	단독주택	1500.6Bq/㎥
철원군	단독주택	1435.3Bq/㎥
음성군	단독주택	1408.1Bq/㎥
문경시	단독주택	1384.2Bq/㎥

이처럼 높은 수치를 보이는 이유는 한국이 화강암 지대인 때문도 있지만 매트리스나 건축마감재 때문이기도 하다.

이를 알면서도 교묘히 감추고 특정 위험만 크게 키워 버린 것이다.

어쨌거나 신칠호의 추가 글이 올려진 후 라돈측정기 품귀 현상이 빚어졌다. 그러고는 댓글이 달리기 시작했다.

— 으악! 나 서초구 사는데 우리 집 라돈 620베크렐이야.

— 난 강남구! 603베크렐. 이사 가야겠다.

— 헐! 우리 집도 600베크렐이 넘어. 여긴 분당.

— 여긴 송파구! 598베크렐 나왔다. 쓰벌! 집 내놨다.

— 그럼 나도 폐암? 젠장! 얼른 이사 가자. 어디로 가지?

— 우리 집 땅 파면 우라늄 나와? 그걸로 핵폭탄 만들까?

— 그거 만들기 전에 급성 폐암으로 뒈지겠다.

— 헐! 우리 집은 196베크렐이나 돼! 어떻게 하지?

— 임신 중인데 우리 아기 어떻게 해? ㅠ.ㅠ

— 기형아 검사를 해보셔야 할 듯!

Chapter 05

—

본격적으로 나서볼까?

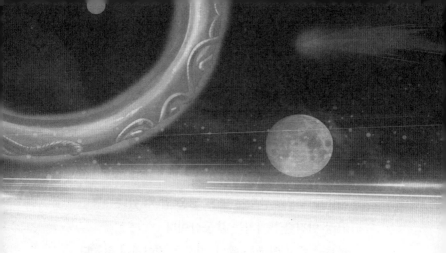

소문은 삽시간에 서울과 성남시 전역으로 번졌다.

원자력안전위원회에서 실시간방사능수치결과를 발표하면서 안전하다고 했지만 전혀 믿는 분위기가 아니다.

본인이 혹은 가족이 측정한 라돈 수치가 있기 때문이다.

네티즌들은 측정 장소와 측정치를 인증샷의 형식으로 게시했다. 그 결과 강남구, 서초구, 송파구, 분당의 부동산 가격은 급속도로 붕괴되어 버렸다.

여러 요인이 겹치면서 예전 가격의 17% 수준으로 떨어져 버린 것이다. 매일매일 오르기만 하던 부동산 가격이 6분의 1로 줄어들었다.

— 내 집 마련 지금 사지 않으면 평생 불가능!

— 부동산 불패! 부동산은 절대 무너지지 않는다.

— 1보 후퇴해도 금방 2보 전진한다. 부동산을 사라.

— 이럴 때 집 안 사는 사람은 바보!

— 서민들도 부동산으로 많은 돈을 벌 수 있다.

— 가장 안전한 투자처는 부동산이다.

— 국토는 좁고 인구는 많다. 땅값은 떨어지지 않는다.

한국인들이 가장 많이 듣는 부동산과 관련된 말들이다.

놀랍게도 부동산 거품이 극에 달했던 일본에서도 똑같은 말들이 전해지곤 했다.

1985년에 플라자합의[6] 라는 것이 있었다.

1달러당 250엔이었는데 이를 100엔으로 절하시켜 버린 것이다. 이로써 일본은 수출에 막대한 지장을 겪게 되었다.

당연히 극도의 불황이 시작되었다.

마땅한 투자처를 찾기 못한 돈은 부동산으로 쏠렸다. 그 결과 1986~1990년 사이에 땅값이 3배로 급등했었다.

이처럼 가격이 너무 높아지자 매수세가 사라졌다.

그렇게 3년이 지나자 6억 원짜리 아파트가 1억 원으로 폭락

---

6) 플라자합의(Plaza Accord) : 미국, 프랑스, 독일, 일본, 영국(G5) 재무
장관이 뉴욕 플라자 호텔에서 외환시장에 개입해 미 달러를 일본 엔과 독
일 마르크에 대해 절하시키기로 합의한 것

해버렸다. 6분의 1이 되어버린 것이다.

한국도 이와 유사하다.

2006년에 11억이던 반포주공 1단지 전용 107㎡인 아파트의 가격은 2016년 현재 30억 원으로 상승했다.

거의 3배나 오른 것이다.

현재 이 아파트는 5억 원에 매물로 나와 있다. 일본과 똑같이 6분의 1 수준으로 폭락해버린 것이다.

그럼에도 매수세는 여전히 없다.

집주인들도 문제지만 은행들도 전전긍긍이다.

20억 원을 호가하던 아파트이기에 16억 원을 대출해주었다. 이게 3억 4천만 원에 매물로 나왔다.

재건축으로 한몫 잡으려던 세력은 쏙 들어갔고, 아파트 가격을 담합하던 부녀회 활동은 완전히 멈춰 버렸다.

이젠 누가 먼저, 조금이라도 덜 손해 보는 가격에 팔고 이사를 가느냐가 관심사가 된 때문이다.

아파트만 이런 것이 아니다.

대출 규모가 큰 대형빌딩은 이보다 더 처참한 수준이다.

극심한 내수 불안으로 인해 대규모 공실로 수입은 크게 줄어들었다. 반면 대출이자는 왕창 상승했다.

이를 감당할 수 없기 때문일 것이다.

아무튼 한국은 현재 IMF 구제금융 시절 이상 가는 부동산 대폭락 시기를 겪는 중이다.

많은 서민들이 아픔을 겪고 있지만 부동산으로 돈을 벌었거나 벌려던 이들에게 훈계를 내릴 방법은 이것밖에 없다.

*   *   *

지윤과의 대화가 잠시 끊기자 도로시가 끼어들었다.

'폐하!'

'왜?'

'한국토지주택공사 인천지역본부 고양사업단이 추진하던 개발사업이 있어요.'

'그게 뭔데?'

'고양덕은 도시개발사업이에요.'

'고양덕은? 고양시 덕은리를 개발한다는 거야?'

말 떨어지기 무섭게 눈앞에 지도가 뜬다.

'네! 붉은색 점선이 점멸되는 안쪽 부지를 봐주세요.'

고양시에 있던 국방대학교 인근이 표시되고 있다.

'그런데?'

'참! 강남 3구와 분당의 부동산 가격이 폭락한 상태예요. 이전 가격의 17% 수준인 곳이 많으니 싹쓸이 한번 하죠.'

'싹쓸이?'

'네! 모 아파트 단지는 100%가 매물로 나와 있어요.'

폭락했다고는 해도 강남 3구의 부동산 가격은 아직 다른

구의 그것보다 높다.

라돈이 분출되어 에이프릴 증후군으로 인한 폐암에 걸릴 수 있다고 하니 빨리 처분하고 살기 괜찮은 곳으로 이주하려는 모양이다.

문제는 내놓은 아파트가 팔리지 않고 있다는 것이다.

다른 지역이 아무리 싸도 그걸 살 여력이 되는 자들은 그리 많지 않다. 부정하게 모아놓은 돈들이 사라지기 때문이다.

아무튼 일부를 제외하곤 다른 지역에 집을 마련하는 것이 쉽지 않은 상황이다.

하여 매일 아침마다 호가를 낮추는 전화를 걸곤 한다. 그럼에도 팔릴 기미는 보이지 않고 있다.

2014년 통계자료를 보면 강남구엔 단독주택 1만 496호, 아파트 12만 9,209호, 연립주택 6,401호, 다세대주택 1만 8,511호, 비거주용 건물 내 주택 1,441호가 있다.

총 16만 6,038호가 있는데 이 중 12만 호 이상이 매물로 나와 있다. 고가의 아파트는 거의 100% 매물로 나와 있지만 상대적으로 낡고, 저렴한 집들은 아직 나오지 않았다.

'그래?'

단지전체가 매물이라는 말이 믿어지지 않은 것이다.

'그리고 고양덕은지구를 매입해서 여기에 신도시 하나를 만들면 부동산 가격은 대충 잡힐 거 같아요.'

'계속해 봐.'

'네! 일단 여기 부지의 면적이 64만 6,160㎡예요. 여기에 국방대 부지 29만 6,507㎡까지 매입하여…'

도로시의 의견은 두 땅을 매입하여 28만 5,155평 모두를 외국인 특별투자지역으로 지정받자는 것이다.

디지털미디어시티가 가까워 미디어밸리로 개발하려는 움직임을 보이고 있었지만 현재의 상황으론 요원한 일이 되어버렸다. 지독한 불경기 상황이 되어버렸기 때문이다.

국방대학교 터의 현 소유자는 한국자산관리공사(KAMCO)이다. 2013년 7월에 3,652억 원에 매입한 바 있다.

현재는 부동산 가격이 급락하여 1,500억 원 정도면 매입 가능하다는 의견이다. 당초 매입가의 41.07%에 불과하다.

같은 가치로 따지면 고양덕은 지구의 땅은 3,268억 8,600억 원 정도가 될 것이다.

캠코는 국가기관이니 한 방에 매입 가능하지만 고양덕은 지구는 그렇지 못할 것이다.

도로시는 폭락한 현재 가격의 2배 정도인 6,000억 원을 제시하면 충분하지 않겠느냐는 의견이었다.

'그래서 거기에 아파트를 왕창 짓자고?'

'입지가 꽤 좋잖아요. 한강을 기준으로 보면 우측엔 월드컵파크 골프장이 있고, 좌측엔 대덕산이 있어요. 앞엔 한강이 흐르고요. 잘만 가꾸면 상당히 괜찮은 신도시가 될 거 같아요.'

말을 하며 지도에 표시를 해서 보여주었다. 듣고 보니 괜찮은 듯싶다. 그린벨트를 훼손하는 것도 아니다.

'어떻게 하자는 거야?'

'폐하께선 한국인들이 부동산으로 불로소득 올리는 게 몹시 싫으신 거죠?'

'그래! 그 때문에 양극화가 더 빨리 진행되잖아.'

30억 원을 주고 산 아파트가 5년 후 100억 원짜리가 된다. 불과 몇 년 만에 70억 원을 번 셈이다.

이를 본 월급쟁이들은 어떤 마음이 들겠는가!

연봉이 7,000만 원인 월급쟁이가 한 푼도 안 쓰고 100년을 모아야 할 돈을 거저 번다.

월급쟁이들에게도 그 아파트를 살 기회가 주어졌다면 그나마 공평하다고 할 수 있다.

그런데 월급쟁이에게 30억 원이 있을까?

연봉이 7,000만 원이라면 취업 후 43년 가까이 한 푼도 안 쓰고 모은 상태여야 그 아파트를 살 수 있다.

그리고 30억 원이 있다면 이미 서민이 아니다.

다시 말해 돈 있는 자들만 그 아파트를 살 수 있었다. 서민들에겐 그림의 떡이었으니 심히 불공평하다 할 수 있다.

있는 자들은 더 많은 자가 되지만 서민들은 매일 물가고의 고통 속에서 허덕이는 삶을 살고 있는 곳이 헬조선이다.

'시답지 않은 것들이 목에 힘주고 다니는 것도 꼴 보기 싫

고… 도로시는 안 그래?'

'저도 그렇죠! 돈 좀 있다고 부동산을 선점해서 막대한 이익을 거저 얻는 건 사라져야 해요.'

'그래! 나도 그렇게 생각해.'

'그러니까 외국인 특별투자구역으로 지정받아 아파트를 왕창 짓자고요. 물론 각종 편이시설도 갖춰야겠지요.'

28만 5,155평짜리 부지니 바닥면적 1,000평이고, 60층짜리인 아파트 60동은 지을 수 있을 것이다.

6만 평은 건물은 짓고 나머지 22만 5,155평을 공원으로 꾸미면 괜찮을 듯싶다.

쓸모없는 공간을 줄이는 최적설계를 하면 32평형 아파트 80,000~90,000가구를 건설할 수 있을 것이다.

예전의 이실리프 제국에선 가족수에 따라 쾌적한 주거가 제공되었다.

아파트를 선호하는 4인 가족에겐 전용면적 40평에 입주할 자격을 부여한 바 있다. 이 아파트의 월 사용료는 2016년 대한민국 기준으로 10만 원이었다.

전용면적이 25.7평인 32평형은 6만 5,000원을 받았다.

보증금은 없었고, 부주의 또는 고의 파손의 경우엔 원상복구에 필요한 비용 전부를 부담하도록 했다.

그때는 현수의 백성들이기에 베푼 것이다.

고양덕은지구에 들어설지도 모를 Y—아파트에 입주하는 사람들 대다수는 현수의 직원이 아닐 것이다.

인근에 사업장을 낼 계획이 없기 때문이다. 따라서 이전과는 달라야 한다.

전용면적 25.7평인 경우는 최하 월 10만 원은 받아야 한다. 보증금은 1년치 월세인 120만 원 정도면 적당할 것이다.

당연히 관리비도 받는다.

60개 동이라면 동당 경비원 9명과 관리인 6명은 고용해야 할 것이다. 총 900명이다.

이들은 현수가 직접 고용하는 정직원이 될 것이니 주거를 제공하고 Y—그룹 급여규정에 따른 연봉을 지급받게 된다.

가구당 관리비를 10만 원씩 거두면 매월 80~90억 원이 걷힌다.

이 정도면 경비원 및 관리인 인건비로 충분하고도 남을 것이다.

관리비가 많은 것 같지만 입주자들은 32평형 신축아파트에 사는데 월세가 겨우 20만 원인 것이나 마찬가지이다.

6평짜리 원룸도 월세가 50~60만 원이고, 관리비가 6~7만 원인 세상이다.

여기에 비하면 공짜나 마찬가지이다.

어마어마한 혜택이니 입주자를 가려서 받을 것이다.

도로시가 선정한 독립운동가, 국가유공자, 의인, 생활보호대상자, 독거노인, 소년소녀가장, 결식아동가정 등이 우선순위에 있다.

'도로시! 결식아동가정 명단 확보되었어?'

선진국 문턱을 딛고 있지만 한국엔 결식아동이 많다.

쌀이 없어서라기보다 빈곤으로 인한 가정 해체가 늘어나 아이들이 밥을 먹을 수 없는 환경이 확산되고 있는 것이다.

'관청자료에서 뽑는 거라면 1초면 돼요.'

'그거 믿을 수 있어?'

'에이, 절대 아니죠. 일부 못된 공무원들이 제멋대로 복지카드를 발급하여 돈을 펑펑 쓰기도 하니까요.'

'정말?'

'네, 오산시청 소속 공무원 중 하나가 그런 짓을 했고요. 전주에선 가짜 후원단체를 만들어 후원금을 빼돌리다 잡힌 여자들도 있어요.'

'말세네! 나쁜 년놈들이고. 처벌은?'

'오산시청 소속 공무원에겐 데스봇 레벨6을 추여했는데 며칠 전에 자살했어요.'

'전주는?'

'모두 11명인데 처벌해요?'

'거지 똥구멍에서 콩나물을 빼먹을 년들이잖아. 일단 금융재산 전부 지워 버려. 빼돌린 후원금의 10배가 될 때까지.'

'넵!'

'블랙리스트 작성은 잘 되고 있는 거지?'

Y−그룹에 몸을 담을 수 없도록 하고, 배려의 대상이 되지 못하도록 하는 명단을 말하는 것이다.

'걱정 마세요. 아주 자세히 작성되고 있어요.'

'그래! 도로시만 믿어.'

'성은이 망극하옵니다. 폐하!'

＊　　　＊　　　＊

현수는 고양덕은지구에 지어질 아파트 입주민에 대해 생각해보았다.

서민들이야 살던 집을 처분하거나, 전세나 월세 보증금을 빼는 것이 있으니 별문제 없을 것이다.

문제는 지독한 생활고를 겪고 있는 생활보호대상자, 독거노인, 소년소녀가장, 결식아동가정이다.

'아무리 없이 살았어도 국가에서 지원해주는 것이 있으니 임대료 10만 원과 관리비 10만 원, 그리고 두 달에 한번 내는 상하수도 요금 정도는 충분히 낼 수 있겠지.'

기초생활수급비와 기초연금이 있으니 가능할 것이다.

입주만 하면 여름엔 냉방비 걱정하고. 겨울엔 난방비 걱정을 하는 삶과는 아듀(Adieu)하니 쪽방이나 허름한 집보다는 훨씬 나을 것이다.

아파트 단지를 조성하려면 돈이야 어마어마하게 많이 들겠지만 원래 남의 돈이다.

그리고 나날이 불어나는 중이다. 따라서 신중하게 재고 자시고 할 일이 아니다.

'도로시 인근 지도 다시 띄워봐.'

'넵!'

눈앞에 뜬 지도에 시선을 멈춘 현수의 뇌로 많은 상념이 오간다.

'흐음! 여기 이 땅과 이 땅은 면적이 얼마나 되지?'

고양덕은지구 우측의 버스종점 터와 좌측의 비닐하우스 단지를 가리킨 것이다.

'우측은 약 3만 평이고요. 좌측은 1만 5,000평쯤 돼요.'

'그래? 최근 3년간 대일무역 적자 규모가 얼마나 되지?'

'표로 띄 워드릴게요.'

말 떨어지기 무섭게 표 하나가 나타난다.

년 도	대일무역 수지
2013년	- 253억 6,700만 달러
2014년	- 215억 8,500만 달러
2015년	- 202억 7,700만 달러

'쯧쯧! 매년 적자구면. 작년엔 뭐 때문에 이렇게 많았어?'

'2015년은 반도체 제조용 장비가 53억 8,000만 달러로 가장 높은 비중을 차지했고요. 반도체는 34억 9,000만 달러, 평판 디스플레이 제조용 장비는 18억 3,000만 달러였어요. 반도체 관련 품목 적자가 전체 무역적자의 37.85%였지요.'

'그거뿐이 아니지?'

'네! 각종 부품과 소재기술 1,000여 종이 있어요.'

'그럼, 대일무역 적자는 언제부터 적자였지?'

'그야, 1965년 한일국교 정상화 이래로 50년 동안 계속 적자지요. 단 한 번도 흑자였던 적이 없어요.'

'쩝! 진짜 한심한 노릇이군.'

'제 생각도 그래요. 애써서 수출하면 뭐 해요? 그중 상당부분을 쪽발이들 아가리에 처넣는걸요. 암튼 적자총액은 5,164억 달러 정도 되네요.'

현재의 가치로 607조 1,573억 원 정도이다. 대한민국 1년 예산보다도 훨씬 많다.

'전체 적자 금액인 거지?'

'네. 대부분이 부품과 소재기술을 수입하느라 그랬어요.'

'그렇지 않아도 일본에서 수입하는 모든 것들을 국산화시킬 생각이야. 좋은 방안을 찾아서 얘기해 줘.'

'지금 보여 드려요?'

'아니! 나중에. 참! 조금 전에 물어봤던 양쪽 땅에 적합한 게 있나 알아봐.'

'무슨 의미이신지 너무 모호해서 못 알아들었어요.'

'고양덕은지구에…'

잠시 현수의 말이 이어졌다.

신도시 규모의 아파트 단지를 조성하는 것은 어렵지 않은 일이다. 돈만 있으면 되는 일이기 때문이다.

마침 부동산 가격이 폭락된 상태이다. 부동산을 매입하기엔 최적기라 할 수 있다.

문제는 그곳에 거주할 사람들이다.

집은 좋은데 출퇴근 시간이 너무 길면 불편하다. 인근에 일할 직장을 만들어주면 일석이조가 될 듯싶다.

따라서 우측 3만 평과 좌측 1만 5천 평을 추가로 매입하여 아파트형 공장을 조성하는 것을 생각해 보라는 것이다.

일본에서 수입하던 부품이나 소재보다 상위를 만들 기술은 얼마든지 제공 가능하다.

'가능한 많은 사람을 고용할 수 있는 방안이어야 해.'

'그럼, 아파트형 공장을 짓는 걸로 검토해 볼게요.'

'그래 그거 괜찮네. 서로 연관이 있는 걸로 계획 잡아.'

'근데 1,000종이 넘는 소재와 부품을 모두 생산하는 건 불가능해요.'

'그래, 그건 그렇겠지.'

4만 5천 평으론 부족할 것이 뻔하다.

'요즘 불황인 분야가 뭐가 있지?'

'한국은 현재 전체가 불황이지요.'

'끄응! 그렇겠네.'

수출길이 막혔으니 당연한 말이다.

'그럼 폐업하려는 데는?'

'그것도 널렸지요. 전체 다 말씀드려요?'

'아니! 현재 널찍한 부지를 깔고 앉은 곳부터 시작해 봐. 나중에 수출도 할 수 있으니….'

내친김에 복안을 이야기했다.

대일무역 적자를 완전히 해소시킴과 동시에 대규모 고용을 창출할 분야를 추천하라는 것이다.

도로시는 가장 먼저 한국에서 철수하고 싶어 하는 한국 GM의 공장들을 인수하길 권했다.

극심한 내수부진으로 차량 판매대수가 현저히 떨어진 데다 수출까지 막혀 있다.

글로벌 소형차 시장의 유일한 공장이지만 이쯤 되면 당연히 철수하고픈 마음이 들 것이다.

한국 GM은 부평, 창원, 보령, 군산에 공장이 있다,

베트남 하노이에도 있지만 일단 이건 빼고 나머지 공장을 적정한 가격에 매입하여 활용할 방법을 찾아보자는 것이다.

도로시는 부평과 창원공장에서 2인승 비행자동차 플라이모빌을 생산하자고 한다.

시작은 반중력마법과 추진마법 등이 결합된 일종의 아티팩트였다. 그러다 기술발달로 마법으로부터 해방되었다.

서기 2896년 반물질 발견 이후의 일이다.

'안 된다, 그건!'

현수는 한마디로 도로시의 의견을 묵살했다. 반물질은 880년이나 앞선 일종의 오파츠이기 때문이다.

오파츠는 '장소에 어울리지 않는 유물', 즉 유물의 생성시기 당시의 기술로는 절대 나올 수 없는 물건을 뜻한다.

따라서 아직 공개돼선 안 될 것이다.

그래서 합의를 본 건 자율주행 전기자동차이다.

참고로, 미국 자동차공학회 기준 자율주행 단계별 특성은 다음과 같다.

레벨	명칭	주행능력	환경인지
0	비자동화	제한적	운전자
1	운전자 보조	제한적	운전자
2	부분 자율	제한적	운전자
3	조건부 자율	제한적	시스템
4	고도 자율	제한적	시스템
5	완전 자율	무제한	시스템

현수가 이야기한 것은 완벽한 레벨 5이다. 세계 각국에서 연구 중이지만 아직 상용화되지 못한 상태이다.

내장된 시스템과 고성능 센서뿐만 아니라 위성을 통한 데이터 송수신으로 날씨, 도로 상태, 교통량, 주변상황, 보행자 등을 실시간으로 전송받는 완전자율 전기자동차이다.

앞이 보이지 않을 정도의 폭우가 쏟아지거나 눈이 내려 일기가 불순할 때에도 제대로 작동된다. 이실리프 제국에서 800년 이상 사용했던 것이니 품질은 완벽하다.

많은 사고를 발생시키는 짙은 안개와 블랙아이스까지 극복하니 당연한 일이다.

현 시점에도 전기자동차는 이미 상용화되어 있지만 많은 문제를 안고 있다. 참고로, 2016년 현재 국내 전기차량의 1회 충전 주행거리는 다음과 같다.

차 종	주행거리
아이오닉	191km
쏘울	148km
SM3	135km
리프	132km
I3	132km
스파크	128km
레이	81km

도로의 노면상태가 좋지 않거나, 에어컨 혹은 히터를 사용하면 주행거리는 짧아질 수 있다.

주행거리가 가장 긴 아이오닉의 충전시간은 다음과 같다.

충전 방식	충전량	소요시간
급속충전	0%→ 84%	약 33분
완속충전	0%→100%	약 265분

 이런 상황인데 처음부터 최종 보스를 내놓을 수는 없다.

 하여 일단 1회 충전으로 500㎞를 달릴 정도의 배터리를 채용하자고 한다.

 가정용 충전장치(저압 220V)를 쓰면 0%→100%까지 30분이 소요되고, 충전소의 급속충전기를 쓸 경우엔 완충까지 겨우 4분 정도 걸린다.

 현재와는 비교도 되지 않는 고성능이다.

 차츰 배터리 용량은 늘리지만 크기는 그대로인 제품을 내놓을 것이다. 그다음은 크기가 점점 줄어들게 된다. 기술은 이미 확보되어 있으니 순차적으로 내놓기만 하면 된다.

 그렇게 조금씩 주행가능거리를 늘리다가 마지막엔 태양광 발전 전기차를 내놓자 하였다.

 햇볕만 있으면 달리면서도 충전되고, 주차상태에서도 충전되니 무한으로 달릴 수 있다.

 육중한 내연기관 엔진 없이 소형 모터로 구동되기에 차체 중량이 가벼워지며 2만개 이상이던 부품수가 4,000개 이하로 확 줄어든다. 훨씬 더 줄일 수도 있지만 각종 편이장치가 추가

되기 때문이다.

기존 전기차 모터는 소음 자체는 적지만 주파수가 굉장히 높아서 소리가 작아도 듣는 사람의 불쾌감이 컸다.

새롭게 내놓을 전기자동차는 모터 구동 시 발생되는 주파수 높은 소음을 중화시켜 듣는 이의 불쾌감이 없다.

소음을 완전히 차단하는 것도 가능하지만 그건 차츰 내놓을 후속모델에 적용될 것이다.

고성능 모터는 청소기와 같은 가전제품뿐만 아니라 다양한 산업에 사용 가능하니 적용처는 무궁무진하다.

이를 위해 Y—에너지가 바빠질 것이고, Y—모터가 새롭게 창립될 것이다.

Y—카본에선 자동차의 차체를 이룰 카본섬유를 만들게 되는데 점점 더 얇고 가벼워지지만 탑승자의 안전도는 점점 더 높아지는 방향으로 발전될 예정이다.

Y—글라스에선 자동차의 유리창을 만들게 된다. 점점 더 나은 인디케이터 역할을 하게 될 것이다.

이 유리에는 Y—에너지에서 생산될 태양광발전필름이 부착되어 전기를 발생시킬 뿐만 아니라 인체에 유해한 자외선을 차단하고, 단열효과까지 낸다.

뿐만 아니라 무한동력을 공급하는 역할을 맡을 것이다.

다음으론 극도의 불황기를 겪고 있는 조선소들을 매입하자는 의견이었다.

남은 수주물량으로 미루어 짐작컨대 현대중공업 군산조선소는 2017년 7월부터 가동이 중단될 것이 확실시된다.

통영의 6개 중형 조선소 역시 극심한 불황으로 문 닫을 일만 남았다.

군산조선소의 도크에서는 이지스항모구축함을 만들고, 통영 조선소에서는 잠수함 등을 건조하게 하자고 한다.

현수가 생각한 이지스항모구축함이란 이지스함이면서 동시에 항공모함이고, 구축함인 전함을 뜻한다.

대한민국엔 3척의 이지스함이 있다.

세종대왕함, 율곡 이이함, 서애 유성룡함이 그것이다.

1,000여 대의 항공기 및 표적을 관리하며, 동시에 20여 곳을 탐지요격 가능하다.

새롭게 건조될 이지스항모구축함 '충무함'은 우주에 떠 있는 인공위성을 이용한 3차원 위상에너지 레이더를 사용한다.

일반적인 레이더 기능에 위치에너지와 운동에너지 추적 기능이 추가된 것이다.

동시에 10만 개의 표적을 추적하며, 사정거리 안에 있다면 모두 파괴할 능력을 가졌다.

정밀도는 100%이다. 단 하나의 표적도 놓치지 않는다.

실시간으로 표적의 3차원 좌표 및 벡터값을 가진 운동에너지를 계산해낼 능력이 있는 미사일이기 때문이다.

이 미사일의 이름은 '추살(追殺)'이다. 표적이 되면 글자 그대로 '쫓아가서 죽여 버린다'는 뜻이다.

SR-71 블랙버드는 미 공군이 보유했던 정찰기 중 가장 빨랐다. 1999년에 퇴역했는데 속력은 마하 3.3이다.

미사일 중에는 DF-ZF 초음속 활강미사일이 가장 빠르다.

지나가 미국에서 훔쳐온 기술로 만든 것인데 시험비행 때 대기권 가장자리에서 마하 10의 속력으로 쏘아져 갔다.

미국 방위고등연구계획국(DARPA)과 록히드마틴이 공동 개발 중인 TBG 역시 DF-ZF와 같이 전 세계 어디에나 1시간 이내 타격이 가능한 미사일이다.

이것의 목표 속력은 마하 20이다.

둘 다 공기저항이 비교적 적은 대기권 최상층부를 활공하도록 되어 있다.

추살의 속력은 마하 24.5(30,000km/h)이다.

대기권 최상층부를 활강하지도 않는다. 다시 말해 공기저항을 받으면서도 이런 속력으로 날아간다.

현존하는 그 어떤 비행체보다도 빠를 것이다.

지구둘레가 약 40,000km이니 속력만으론 지구 어디든 40분 이내에 당도하게 된다.

지구에서 가장 빠르고, 정확한 미사일이다.

추살은 적을 공격하는 역할뿐만 아니라 방어무기로도 사용된다. 적이 무엇을 쏘든 가시거리 이내에 도달하기 전에 모조리 떨굴 능력을 가졌다.

일반형의 크기는 어른 팔뚝 굵기이다. 작지만 위력은 강력하다. 탄두에 약 1g의 하프늄(Hf)이 담겨 있기 때문이다.

Chapter 06

—

이지스항모구축함

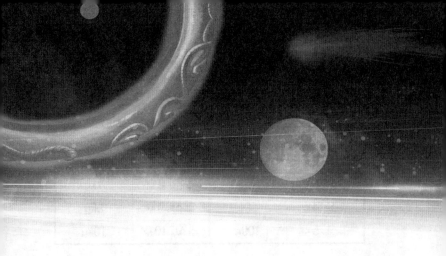

　하프늄 1g은 현재의 기술로는 TNT 50kg과 동일한 폭발력을 낼 수 있다. 하프늄이 가진 에너지 중 일부만 뽑아낼 수 있음에도 이렇듯 강력하다.

　현수에겐 미래의 첨단 기술이 있다.

　그렇기에 추살에 실린 하프늄 1g은 TNT 1,102.5kg과 같은 파괴력을 가진다.

　참고로 1996년에 TNT 367kg으로 남산의 외인아파트 2동을 폭삭 내려앉게 한 바 있다. 아파트 두 동을 무너뜨리는 데 하프늄 0.3g만 있으면 충분했다는 뜻이다.

　추살엔 여러 종류가 있다.

1호부터 10호까지 있는데 담긴 하프늄의 양이 다르다.

추살 1호	1g	추살 6호	200g
추살 2호	5g	추살 7호	500g
추살 3호	10g	추살 8호	1kg
추살 4호	50g	추살 9호	5kg
추살 5호	100g	추살 10호	10kg

하프늄 10kg이 담긴 10호가 터지면 TNT 1만 1,025톤의 위력을 보인다.

거의 원자폭탄급이지만 방사능으로 인한 폐해는 없다. 핵무기가 아니기 때문이다.

참고로, 2차 세계대전 당시 히로시마에 떨어진 원자탄의 위력은 TNT 15,000톤쯤 된다.

어쨌거나 하프늄의 밀도는 $13.31g/cm^3$이다.

10kg 이래봐야 751.31cm^3 정도이다. 가로, 세로, 높이 9cm 정도이다. 아이들이 갖고 노는 큐브 사이즈 정도이다.

현재의 기술로는 탄탈럼(Ta)에 양성자를 쪼여서 생성되는 하프늄 동위원소(반감기 31년의 핵 이성질체)에 낮은 에너지의 X선을 사용하여 펌핑하면 치명적인 감마선의 형태로 60배나 많은 에너지를 방출하는 현상을 이용하는 것뿐이다.

따라서 하프늄 폭탄을 가지려면 엄청나게 많은 비용이 들며, 초대형 입자가속실험설비가 필요하다.

하여 핵무기 규제를 피한 무기로 거론되기는 하지만 핵무기보다 훨씬 비싸고, 핵무기보다 내는 에너지도 떨어진다는 비판적인 시각이 있다.

하지만 현수는 이와 전혀 다른 방법으로 하프늄을 얻어낸다. 그리고 비용도 아주 저렴하다.

충무함이 건조되면 다음과 같이 실리게 된다.

추살 1호	50,000개	추살 6호	5,000개
추살 2호	40,000개	추살 7호	3,000개
추살 3호	30,000개	추살 8호	2,000개
추살 4호	20,000개	추살 9호	1,000개
추살 5호	10,000개	추살 10호	500개

1호는 상대의 미사일을 요격하거나 접근하는 비행물체를 떨구는 데 사용된다.

2호는 적의 구축함 등을 공격하는 데 쓴다.

3호는 적 항공모함을 단숨에 격침시키고자 할 때 쓴다.

한방이면 만재배수량 10만 톤급 이상인 항공모함이라도 쩍 갈라지며 굉침(轟沈)하게 될 것이다.

4호는 적의 육상병력들을 쓸어버릴 때 쓴다. 기갑부대라 할지라도 밀집되어 있다면 한 방이면 끝이다.

4호가 집속탄이기 때문이다. 모(母)폭탄 하나에 하프늄 0.005g씩 담긴 자(子)폭탄 1,000개씩 들어 있다.

자폭탄 하나가 TNT 5.5kg의 위력을 가진다.

참고로, 미군이 사용하는 M−67 수류탄의 장약은 0.18kg이다. 장약의 양으로만 따지면 자폭탄 하나가 수류탄 30개와 맞먹는다.

따라서 4호는 수류탄 3만 개의 파괴력을 가졌다. 4호 하나면 사단급 병력이라도 일거에 쓸어버릴 것이다.

5호부터는 적 기지 파괴용이다.

10호 500발이면 웬만한 나라는 몽땅 초토화될 것이다.

하나하나가 원자폭탄급이고, 절대 요격할 수 없는 속도로 쏘아져 가며, 무서운 정확도를 가졌으니 당연한 일이다.

충무함은 이것으로 끝이 아니다.

갑판엔 수직이착륙 전폭기가 있고, 적 잠수함 및 수상함을 작살낼 어뢰 발사구도 있다.

잠수함 탐지거리는 약 500km이다.

실제론 이보다 훨씬 길다.

위성에서 출항하는 모습부터 보기 때문이며, 지휘부와의 통신 또한 모두 감청하니 당연한 일이다.

어쨌거나 적 잠수함이 확실하다 판단되면 수상발사 어뢰가 발사된다.

이것은 미사일처럼 빠른 속도로 수면을 스치듯 날아간다.

그리고, 목표물 인근에 도달하면 그때 수면을 파고들어가 적 잠수함에 내려 꽂히도록 되어 있다.

적 잠수함 입장에선 수면 위를 날아가는 어뢰는 전혀 알 수 없다. 음탐이 불가능한 때문이다. 그러던 어느 순간 머리 꼭대기에서 뭔가가 내려 꽂힌다. 그러면 끝이다.

수중발사 어뢰는 VA-111 쉬크발과 같은 초공동 어뢰이다. 수중 속력은 시속 450㎞이다.

10㎞ 떨어진 곳에 위치한 적 잠수함에 도달하는데 불과 80초밖에 안 걸린다.

수중발사 어뢰는 수상발사 어뢰보다 크기가 커서 100기 이상은 싣고 다니진 않는다.

수상어뢰 발사구는 선수 및 선미에도 장치되지만 수중어뢰 발사구는 좌우에 각 5곳에만 장치된다.

어쨌거나 수상발사 어뢰의 명칭은 '날벼락'이다. 적의 입장에서 작명된 듯하다.

수중발사 어뢰의 명칭은 '스토커'이다. 목적을 이룰 때까지 끈질기게 따라가기 때문이다.

아무튼 이지스항모구축함인 충무함의 성능은 미국 7함대 전체를 능가한다. 따라서 일본의 호위대군 정도는 순식간에 모조리 쓸어버릴 수 있을 것이다.

광학 및 전파스텔스 전함인 때문이다. 다시 말해 눈에 보이지도 않고, 레이더에 잡히지도 않는다.

게다가 극도로 정숙한 엔진을 가졌기에 잠수함에서의 음파 탐지로도 접근을 알아내기 어렵다.

소리 없이 다가가 함재기들을 띄우는 한편, 품고 있던 각종 미사일들을 발사하면 불과 10~20분 사이에 일본의 호위대군 전체를 작살낼 수 있다.

지나의 허접한 해군력은 이보다 더 쉬울 것이다.

그러기 위해선 KAI에서 새 전폭기를 만들어내야 한다. 기존과 같이 전폭기의 명칭은 송골매이다.

구 분	F-22 랩터	송골매
승무원	1	1
기체 길이	18.90m	9.70m
날개 폭	13.60m	9.70m
높 이	5.10m	4.30m
무장탑재 중량	27,216kg	15,564kg
최대 속도	마하 2.3	마하 3.5
전투 반경	1,270km	5,120km
최고 고도	18,288m	25,172m
무장 항속거리	3,218km	13,973km
특수 기능	스텔스	무흔적
레이더탐지거리	300km	4,000km

이 크기라면 독도함에도 80대를 올릴 수 있다.

현수가 1서클이라도 이룬다면 상기 내용 대부분이 바뀐다.

무장탑재중량은 1,000,000kg으로 대폭 늘어난다. 경량화 및 공간확대 마법 덕분이다.

최고고도는 반중력 마법 덕분에 무제한이 된다.

전투반경과 무장 항속거리는 지구 전체로 확대된다.

워프마법이 적용되면 지구 반대편까지 가는 데 불과 1초면 충분하다.

최고속도는 마하 4까지 올라가는데 이는 헤이스트 마법 덕분이다. 더 올릴 수도 있지만 조종사가 견뎌내기 힘들다.

미국이 제작하고 있는 최신에 항공모함 '제럴드 포드함'은 만재배수량 11만 2,000톤이고, 속력은 30노트 정도이다.

2017년 취역 예정이고, 전투기 40대를 포함한 함재기 78대가 탑재된다. 승조원 수는 4,660명이다.

현대중공업 군산조선소에서 제작하게 될 이지스항모구축함 '충무함'의 만재배수량은 10만 톤 규모이다.

제럴드 포드함보다 배수량은 적지만 속력은 훨씬 빠른 45노트이다. 위급한 경우엔 시속 60노트의 속력으로 6시간 동안 운항할 수 있다.

전폭기로 개발될 송골매는 200대나 탑재된다.

F—22보다 뛰어난 기동성을 가졌다.

무장탑재 중량은 적지만 위력이 확실한 추살로 무장되어

있다. 따라서 200대 전부가 뜨면 웬만한 나라 하나 정도는 완전히 아작 낼 수 있을 것이다.

KAI엔 당분간 송골매의 설계도를 넘기지 않을 생각이다. 옥석 가리기가 먼저인 때문이다.

친미, 친일 성향이 있는 자들을 모조리 걸러낸 뒤에야 설계도를 넘길 생각이다. 안 그러면 시작단계에 설계도가 유출될 것이 분명한 때문이다.

그전까지는 별도의 부품공장에서 부위별로 제작 후 조립만 KAI에 맡기는 걸 생각해보자고 하였다.

어차피 KAI에서 모든 부품을 다 만들 수 있는 것도 아니고, 현재는 절대 충성마법을 쓸 수도 없는 때문이다.

따라서 날개, 레이더, 엔진, 조종시스템 등을 따로따로 제작하는 것이 보안상 더 낫다는 의견이다.

듣고 보니 맞는 말이긴 하다.

부품을 만드는 곳에선 그게 뭔가의 부품이라는 건 알겠지만 어디에서, 어떻게, 무엇과 조립되는지, 다 조립되면 어떤 성능을 가지는지 전혀 알 수 없다.

현수는 KAI 전 직원에 대한 상세조사를 명령했다.

출신학교와 전공은 물론이고, 20살 이후의 금융거래를 다 들여다보는 조사이다.

가족이나 친척, 또는 친지의 이름으로 부정한 돈은 받았을 경우까지 고려하여 이들의 계좌까지 몽땅 살펴본다.

아울러 인터넷이나 SNS상의 기록도 모두 참고한다.

친미나 친일성향이 있거나, 정신적 문제가 있다 판단되면 일단 핵심업무에서 배제된다.

그러고는 터키와 인도네시아, 그리고 페루에 개설되어 있는 사업장으로 발령 나게 될 것이다. 자리가 없다면 일반적인 서류작업 부서로 전보할 예정이다.

이지스항모구축함과 송골매를 만드는 동안 이를 운용할 인력도 키워야 한다.

당장은 해군에 맡길 수 없는 때문이다.

미안한 말이지만 현재 대한민국 해군은 대대적인 숙정(肅正) 작업이 필요하다. 군수비리에 연루된 자들 때문이다.

주범들은 데스봇으로 인한 고통을 겪고 있어 일선에서 배제된 상태이다.

그렇다 하여 충무함을 그냥 내줄 순 없다.

그걸 해군에 인도하는 즉시 미군으로 하여금 샅샅이 훑어볼 기회를 제공하고도 남을 놈들이 남아 있는 때문이다.

어쩌면 '제럴드 포드함' 처럼 허접한 것과 맞바꾸자고 할 수도 있을 것이다. 그만큼 근시안들이 많다.

'도로시! 이지스항모구축함 운용에 필요한 인원 선발해.'

'넵! 설계도 작성되면 필요 인원을 뽑아둘게요.'

도로시는 함선에 배치되었던 해군 전역자 중 결격사유 없는 이들을 골라 스카우터를 보낼 것이다.

이들 또한 Y—그룹에 속하지만 같은 대우를 해줄 순 없다. 몇 달씩 배 위에서 생활해야 하는 경우도 있기 때문이다.

따라서 이들에겐 더 많은 급여와 후생복지가 제공된다.

참고로, 미국의 13개 항공모함의 함장은 대령이다. 함재기 부대를 지휘하는 항공모함비행단의 지휘관도 대령이다.

이들에게 명령을 내리는 이는 항공모함 전단장이다. 소장 또는 준장이 이 직책을 맡는다.

충무함은 사장이 전단장 및 항모함장 역할을, 부사장이 함재기 지휘관 겸 부전단장 역할을 한다.

경험 많은 중령과 대령은 참모역할을 하게 된다.

다음은 승조원 직급별 연봉이다.

직급	연봉(만원)	임무
사원	6,000	이등병
주임	6,600	일등병
대리	7,200	상병, 병장
과장	8,400	하사, 소위
차장	9,000	중사, 중위
부장	1억 800	상사, 대위
이사	1억 2,000	준위, 소령
상무	2억	중령
전무	4억	대령
부사장	6억	준장 ★
사장	12억	소장 ★★

입사 후 3개월의 훈련병 과정 연봉은 5,400만 원이다.

그리고, 상기 연봉은 평상시 연봉이다.

실제전투가 벌어질 경우엔 시간당 60만 원의 위험수당이 붙는다. 24시간 전투였다면 1,440만 원이다.

목숨은 누구에게나 소중한 것이기에 위험수당은 직급과 관계없이 모두 동일하다.

그런데 이렇게 많은 위험수당을 지급할 일은 아마도 없을 것이다.

일본의 호위대군을 격파하는 데 걸릴 시간은 불과 10~20분이다. 이때의 위험수당은 10~20만 원이다.

사실은 별로 위험하지도 않다. 가시거리 밖에서 발사버튼 몇 번 누르는 것으로 끝인 때문이다.

적의 함정들이 꽝침하는 모습은 보지도 못한다.

적이 발사한 미사일 역시 가시거리 밖에서 100% 요격된다. 우주에 떠 있는 위성이 24시간 내내 한반도 전역은 물론이고, 주변국까지 늘 살펴보고 있기 때문이다.

따라서 말이 전투지 전혀 위험하지 않다.

그래도 발사버튼을 누르느라 애썼고, 혹시 당하는 것은 아닌가 마음 졸였을 것에 대한 보상이 위험수당이다.

아무튼 Y-그룹에 속하게 되니 이들에게도 주거가 제공된다. 사원, 주임, 대리까지는 가족수에 따라 25~40평 아파트가 제공된다. 분양면적이 아닌 전용면적이다.

*   *   *

전용 25평은 32평형과 비슷한 크기이고, 전용 40평은 48평형과 같다,

과장, 차장, 부장, 이사는 전용 45~60평인 아파트를, 상무와 전무에겐 전용면적 80평까지 아파트를 배정받는다.

부사장은 전용면적 100평인 아파트 또는 단독주택이, 사장에겐 전용면적 150평인 아파트 또는 단독주택이 제공된다.

제공되는 아파트 또는 단독주택은 군산에 지어지지만 꼭 그곳에 머물러야 하는 것은 아니다.

자식들의 직장 또는 학교 때문이다.

하여 입사 직전 거주지 인근을 원할 경우 그 근처에 마련해 준다. 다만 기존의 주거용 부동산을 모두 처분하지 않으면 제공하지 않는다. 분가하지 않은 가족 명의로 부동산을 매입하는 경우에도 제공되지 않는다.

지긋지긋한 부동산 투기를 뿌리 뽑기 위함이다.

그럴 리야 없지만 전투 중 부상이 발생되면 완치될 때까지 치료해 준다. 당연히 모든 비용은 회사에서 지불한다.

급여도 지급되며, 완치 후엔 복직된다.

전사자의 유족에겐 현재 거주하는 주거지와 같은 규모의 아파트를 제공한다. 이는 무상 거주가 아니라 양도이다.

아울러, 현재의 직급으로 75세까지 근무할 연봉을 일시금으로 지불한다. 그리고 원하는 경우 유족 중 1인을 Y—그룹 직원으로 특채한다. 물론 결격사유가 없어야 한다.

함재기 조종을 맡게 될 조종사들은 상무급으로 영입한다. 경력에 따라 연봉은 2억부터 시작이다.

참고로, 다음은 2016년 현재 연봉 랭킹이다.

순위	직 종	평균연봉(만원)
1	기업 고위임원	12,181
2	항공기 조종사	12,143
3	도선사	11,837
4	국회의원	11,364
5	안과의사	11,221
6	피부과의사	11,151
7	외과의사	10,363
8	성형외과의사	9,614
9	소아과의사	9,560
10	대학교 총장 및 학장	9,500

표에 나타나 있듯 항공기 조종사는 직종별 연봉 랭킹 2위에 마크되어 있다. 월 1천만 원 수준이다.

얼마 전까지 지나의 항공사에서 국내 조종사들에게 러브콜을 보냈다.

국내 연봉보다 더 많은 급여를 제공하겠다는 사탕발림을

했던 것이다. 하여 많은 이들이 이직했다.

그런데 한 달 이상 계속된 폭우로 인한 엄청난 대홍수 때문에 모든 활주로가 망가졌다.

아울러 상당히 많은 항공기들이 파괴되었다.

현재에도 열심히 복구작업을 하고는 있지만 아무리 애를 써도 발전소가 가동되지 않아 지지부진한 상태이다.

이에 지나의 항공사들은 어렵게 모셔왔던 외국인 기장들을 대거 해고했다. 전형적인 감탄고토(甘呑苦吐)이다.

달면 삼키고, 쓰면 뱉는다는 뜻이다.

이해가 안 되는 것은 아니다. 운항할 항공기는 파손되었고, 활주로는 지반침하 등으로 쓸모없는 쓰레기가 되었다.

이런 상태에서 계속 급여를 지불하려니 속이 엄청나게 쓰렸을 것이다.

어쨌거나 지나 항공사로 자리를 옮겼던 한국인 조종사들은 거의 모두 실업자 신세로 귀국했다.

자신이 비워주었던 자리는 이미 누군가가 차지했다.

하여 다른 나라 항공사들에 이력서를 넣는 중이니 조종사 확보는 크게 어렵지 않을 것이다.

오겠다는 사람이 없으면 따로 뽑아서 훈련시키는 방법도 있다.

조종간을 잡아보고 싶어 하는 젊은이들이 넘쳐나니 시간만 걸릴 뿐 함재기 조종을 맡을 인원은 충분할 것이다.

이렇게 하여 함재기 조종사가 되는 이들은 차장(연봉 9,000만 원)부터 시작이다. 참고로. 초보 조종사의 국내 항공사 연봉은 6~7,000만 원이다.

조종훈련을 받는 비용 전부를 회사가 부담했으니 큰 불만은 없을 것이다.

훈련 받는 동안엔 주임(연봉 6,600만 원) 대우를 한다.

당연히 숙식 제공이다. 대신 회사가 요구하는 자격증을 따야 하고 조종사로서 10년간 근무하는 조건이다. 물론 그만둘 마음이 없으면 더 근무해도 된다.

훈련기간 동안 평가를 통하여 자질 부족한 자, 인성 나쁜 자, 나태한 자는 그만두게 할 생각이다.

도로시는 현대중공업 군산조선소와 한국 GM 군산공장 사이에 있는 두산인프라코어와 세대에너텍 등을 확보했다.

두산인프라코어는 종합기계회사이고, 세대에너텍은 발전플랜트 기자재업체이다.

두산인프라코어는 사실상 현수의 것이 되었다. 현재의 지분율은 91.5%이고, 계속해서 사 모으고 있다.

지분율 50%를 넘었을 때 도로시는 위임장을 가진 국제변호사를 통해 지나로의 수출을 중지시켰다.

첫째 목적은 지나의 빠른 재건을 막기 위함이다.

둘째는 현수가 나선 이상 엄청나게 많은 건설기계와 공작기계 등이 필요하기 때문이다.

현재는 내수판매를 하는 한편 새로운 굴삭기와 로더, 굴절식 덤프트럭 등을 생산하기 위한 준비를 하고 있다.

세대에너텍은 법정 관리 되고 있었다.

회생채권 규모는 1,397억 원이고, 최대 채권자는 IBK 기업은행이었다. 그냥 놔두면 인수자가 없어 기업은행이 큰 손해를 떠안을 상황이었다.

기업은행도 현수의 소유가 되었으니 결국 현수의 손해이다. 하여 달라는 돈을 주고 인수해놓은 상태이다.

발전설비와 해양 · 석유화학 · 환경산업분야 설비도 많이 필요할 것이 뻔한 때문이다.

현대중공업 군산조선소와 한국 GM 군산공장이 문을 닫으면 문을 닫아야 할 주변공장들이 상당히 많다.

군산2국가산업단지의 공장 중 상당수가 그러하다. 도로시는 이들뿐만 아니라 주변에 있는 공장도 모두 인수하자고 하였다.

연후에 군산2국가산업단지를 대일무역 적자의 핵인 첨단소재와 부품을 생산하는 공단으로 탈바꿈시키자는 것이다.

군산에선 800가지 정도의 소재와 부품을 생산하게 된다.

이밖에 Y─조선소와 Y─종합기계(두산 인프라코어의 새로운 명칭)에서 필요로 하는 것들도 제작하여야 한다.

소재 또는 부품 제작공장이 800개이고, Y─조선소와 Y─종합기계에 납품할 공장은 400개 정도 필요하다.

'도로시! 부품과 소재를 만들 공장 1,200개가 필요해.'

'한국 GM 군산공장과 현대중공업 군산조선소 건너편 공장들을 모두 인수하면 될 거예요.'

'그래? 근데 쉽게 팔까?'

다들 애써 일군 터전이라는 걸 알기에 하는 말이다.

'조선소가 문을 닫고 한국 GM이 떠나면 80% 정도가 폐업을 고려해야 할 거예요.'

'그래? 그 정도야?'

'네! 현재 두산인프라코어에 납품하는 공장들도 많으니 그 공장들을 모두 인수한 뒤 생산품목에 따라 재배치를 하시면 공장 1,200개 확보는 어렵지 않을 거예요.'

도로시가 쉽다면 쉬운 거다.

'다행이네. 거기 면적은 얼마나 되는데?'

'약 300만 평이에요. 그것도 싹 다 인수해요?'

'가능하다면 그러는 게 낫지 않겠어?'

'알겠어요, 계획 잡아볼게요.'

'지금부터는 내가 뭘 생각하는지 공유해도 좋아. 그리고 내가 생각한 것을 최적화해서 설계해.'

'네, 알겠어요.'

공장이 1,200개이고, 하나당 평균 20명이 재직하게 된다면 총 24,000명이 필요하다.

이밖에 Y─조선소 임직원 6,500명, 충무호 승조원 6,000명, 충무호 육상 지원팀 1,000명, Y─종합기계 3,500명, Y─에너텍 1,000명이 있어야 한다.

이들에겐 부산의 마린시티[7] 보다도 멋진 아파트가 제공될 것이다. 서울 못지않은 편의시설이 갖춰진 단지이다.

군산시 입장에서는 42,000가구가 사라지지 않는 셈이다. 가족구성원이 4명이라면 총 16만 8,000명이다.

군산시 현재 인구는 28만 8,000명 정도이다. 그리고 매월 조금씩 감소하는 중이다.

극심한 불황 및 격변하는 국제경기가 기업의 가동율을 떨어뜨렸고, 이게 곧장 고용감소로 이어진 결과이다.

이런 상황에서 현대중공업과 한국 GM까지 추가로 문을 닫고, 세대에너텍마저 청산되면 어떤 일이 벌어질까?

이들에게 납품하던 수많은 공장들도 같이 문을 닫을 수밖에 없다.

이는 수많은 실업자 양산으로 연결되며, 그 결과 군산을 떠나는 이들이 왕창 늘어날 것이다.

최하 1만 가구 정도의 변동이 있을 것으로 예상된다. 4만 명은 군산시 전체 인구의 7분의 1 정도이다.

빈 집과 빈 점포가 늘면 군산시 경제는 황폐화된다. 군산시장과 전북도지사 등이 결코 바라지 않는 일이다.

7) 마린시티(Marine City) : 부산광역시 해운대구 우동에 위치한 과거 수영만 매립지였던 곳에 조성된 주거지 중심의 신도시

따라서 한국 GM부터 조선소 사이의 토지매입에 아주 적극적으로 협조할 것이고, 기꺼이 외국인 특별투자지역 지정에 도장을 찍게 될 것이다.

그렇게 되면 최하 300만 평을 확보하게 된다.

이를 Y—시티라 칭할 것이다.

군산항 인근 Y—시티 거주지는 100만 평 규모이다. 현재 한국 GM 군산공장이 있는 자리에 들어서게 된다.

여기엔 바닥면적 600평짜리 주상복합아파트 72개 동이 들어선다. 한 동당 700가구 정도로 총 50,000가구이다.

건축면적은 4만 3,200평이고, 도로와 녹지를 포함한 단지면적은 15만 평정도가 된다.

인근의 5만평엔 어린이집, 유치원, 초등학교, 중학교, 그리고 고등학교와 기술고등학교가 들어선다.

어린이집과 유치원, 그리고 초등학교만 2개씩이고, 나머지는 하나씩이며, 모두 떨어져 있다.

초등학교 이후엔 남녀가 구분된 학교를 다니게 된다. 남녀중학교, 남녀고등학교, 남녀기술고등학교로 나뉘는 것이다.

이처럼 남녀를 구분하는 이유는 쓸데없는 데 정신 팔지 말고 학업에 열중하라는 뜻이다.

이들에겐 최상의 교육여건이 제공될 것이다.

온도조절마법진과 공기정화마법진이 있어 항상 쾌적한 교

실에서, 엄선된 교사로부터 수업을 받게 된다.

학습의 질을 높이기 위해 교사와 학생수의 비는 1 : 10 정도이다. 기술고등학교는 숙련기술자 출신 초빙교사로부터 기술을 전수받게 되는데 1 : 5의 수업이다.

기술고등학교에서 배운 기술로 자체검증 자격시험을 통과하면 졸업 후 인근 공장에 취업된다. 조리나 미용 등을 배운 여성들 또한 자연스레 직장을 얻게 된다.

Y—그룹의 일원이 되는 것이다.

수업료는 없고, 교복과 중식은 모두 무상 제공이다.

아파트 단지와 학교들을 둘러싼 나머지 80만 평은 훌륭한 조깅코스를 갖춘 울창한 숲과 공원으로 조성될 예정이다.

방범을 위해 사각지대 없는 고화질 CCTV와 태양광발전 가로등이 곳곳에 설치되니 새벽 3시에도 마음 놓고 산책할 수 있을 것이다.

길 건너편 어린이교통공원 부지 3만평엔 Y—아카데미가 들어선다.

고등학교를 졸업한 학생들을 받아들여 기업에서 필요로 하는 인재로 성장시킬 일종의 대학교이다.

규모가 작기에 과학과 공학 위주 수업을 하며, 이 학교의 커리큘럼을 성실히 이수한 학생들은 Y—그룹에 특채된다.

수업에 필요한 기자재는 포항공대나 카이스트보다도 월등할 것이다. 그럼에도 교육부의 간섭으로부터 자유롭기 위해 대학교로 인가받지 않는다.

다음은 2015년 전국 대학교 전임교원 평균 연봉이다.

	전체	국공립	사립
정교수	8,491.2만	9,107.1만	9,572.6만
부교수	7,576.1만	7,573.3만	7,576.7만
조교수	5,283.9만	6,428.9만	5,013.4만

신분이 보장된 이들 전임교원들은 그마나 낫다.

대학 강의의 37.3%를 맡고 있는 비전임 교원(시간강사)은 고용불안, 낮은 임금, 그리고 건강보험 미가입이라는 불이익을 안은 채 근무하고 있다.

통계에 의하면 2015년 시간강사 평균 연봉은 811만 6,000원이다.

월급 67만 6,400원이니 4인 가족 최저생계비 166만 8,329원의 40.5% 수준에 불과하다.

이런 돈을 받으며 어찌 학생들을 가르칠 수 있겠는가!

'교수님', 또는 '강사님'이라는 존칭은 들을지 몰라도 빛좋은 개살구일 뿐이다. 어찌 자괴감이 들지 않겠는가!

그래서 Y—아카데미에 재직하게 될 교수진들에겐 그에 합당한 대우를 할 예정이다.

먼저 교수진 평균 연봉은 2억 원이다. 가장 낮은 연봉이라도 1억 5,000만 원은 넘는다.

아울러 100평 규모의 주거지가 제공된다. 물론 소유하고 있는 주거용 부동산을 모두 처분했을 때의 일이다.

대학과 달리 시간강사, 전임강사, 조교수, 부교수, 정교수 같은 구분은 없다.

다시 말해 비정규직이 없다.

수업을 진행하는 사람은 전원이 정교수이고, 이 수업의 보조를 맡는 사람들은 조교이며, 1교수 2조교 체제이다.

Chapter 07

—

Y-시티 구상

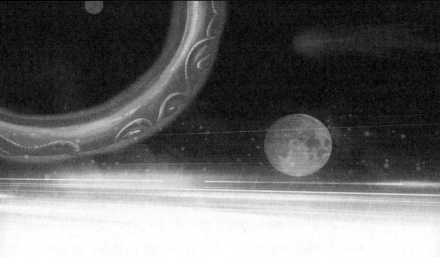

오늘 현재 모 대학교에서 조교를 뽑고 있다.

자격요건을 보니 관련학과 학사학위 이상을 가져야 한다. 다시 말해 4년제 대학을 졸업해야 지원할 수 있다.

제시된 연봉은 2,160만 원(월 180만 원)이다.

주 5일 근무지만 학교 행사가 있을 때는 야간근무나 주말에도 근무해야 함을 명기해 놓았다. 한 달에 하루나 이틀 정도만 쉬고, 거의 매일 야근해야 한다는 뜻이다.

타지역 거주자에겐 숙소를 제공한다는데 오래된 18평형 아파트이고, 3인이 거주한다고 되어 있다.

3개월의 인턴기간엔 급여의 70%인 월 126만 원을 지급받고, 채용이 확정되면 계약직으로 근무하게 된다.

매년 새로운 연봉계약을 맺어야 하는 비정규직이란 것을 못 박은 것이다. 진급은 당연히 없다.

Y—아카데미의 조교는 연봉 7,800만 원에서 시작된다. 당연히 정규직이고, 50평형 신축 아파트가 주거지로 제공된다.

연봉은 3.6배가 많고, 주거지는 2.7배가 넓다. 게다가 셋이 아니라 혼자 사용한다. 가족과 함께 할 수 있다는 뜻이다.

아울러 매년 연봉계약을 맺을 이유가 없다. 신분이 보장된 정규직으로 시작하는 때문이다.

모 대학에서 뽑으려는 조교와는 비교조차 안 된다.

조교들은 수업보조 이외의 시간엔 본인의 공부를 할 수 있다. 이에 필요한 기자재는 아카데미에서 제공한다.

도로시가 골라낼 유능한 인재들이니 가급적 오래 잡아놓기 위한 배려이다.

조교와 교수 모두 매년 3%씩 임금이 인상되며, 새로 학위를 취득하거나 수업을 맡게 될 경우엔 그에 따른 급여인상이 이루어진다.

교수와 조교들에겐 미래의 기술이 조금씩, 순차적으로 전수된다. 이는 여름방학과 겨울방학 동안 실시될 Y—기연 초청 세미나를 통해서이다.

이때는 신이호부터 신구호가 초청된 외국인 과학자 또는 기술자 역할을 맡는다. 당연히 그에 맞춰 적당히 외모를 바꾸게 될 것이다.

1 : 1 토론 또는 강의 중 궁금한 것을 묻는 가운데 자연스레 힌트를 주는 방식이 될 것이다.

다시 말해 직접적으로 기술을 전수해주지는 않는다.

스스로 터득할 기회마저 박탈하는 건 학자에 대한 예의가 아니기 때문이다.

어쨌거나 Y-아카데미에선 총장과 학장들도 수업을 한다.

총장의 연봉은 6억 원이고, 두 명의 학장은 4억 8,000만 원이다. 따라서 평균연봉은 5억 2,000만 원이다.

2016년 연봉랭킹 10위에 마크되어 있는 대학교 총장과 학장의 평균연봉 9,500만 원의 5.4배가 넘는 금액이다.

이 정도면 연구비 횡령 같은 일은 일어나지 않을 것이다.

생말공원으로부터 군산항 해상교통관제센터 사이의 35만 평은 놀이공원으로 바뀌게 된다.

이러려면 현재의 두산인프라코어가 이전해야 한다. 아무튼 현재의 녹지는 가급적 건드리지 않는 선이다.

용인에 소재한 에버랜드 리조트는 45만 평 규모이다.

이 리조트에는 동물원과 놀이시설이 있는 테마파크 '에버랜드' 와 워터파크인 '캐리비안 베이' 가 있다.

이밖에 숙박시설과 골프장이 있으며, 문화시설인 미술관과 국내 최대 규모의 눈썰매장도 있다.

Y─랜드라 이름 붙여질 리조트에는 동물원과 숙박시설, 골프장과 눈썰매장이 들어서지 않는다.

동물원이 없는 이유는 동물들을 가둬놓고 한낱 눈요기 감으로 만드는 것이 내키지 않아서이다.

숙박시설이 없는 이유는 굳이 갖출 이유가 없는 때문이고, 골프장은 현수가 좋아하지 않아서이다.

눈썰매장은 언덕도 없을 뿐만 아니라 겨울철 평균기온이 높아서 유지하기 어렵기 때문이다. 아울러 미술관도 없다.

대신 놀이시설과 워터파크의 규모가 더 커진다. 그리고 어른들의 놀이터가 될 서바이벌 전투장이 조성된다.

아이들이 놀이공원이나 워터파크에서 노는 동안 아빠들은 울창한 숲속에서 고성능 마일즈[8] 장비를 이용한 가상전투나 가상의 사냥을 하는 재미를 만끽할 수 있게 될 것이다.

인근에는 엄마들을 위한 쇼핑센터나 미용센터, 카페 등이 자리 잡는다. 심심하진 않을 것이다.

나머지 165만 평은 조선소와 각종 공장으로 사용한다.

길 건너편 공단지역 300만 평엔 1,200개의 소재와 부품을 생산할 공장이 들어서게 된다.

삭막하게 공장건물들만 들어서는 것이 아니다.

중간쯤에 Y─아카데미가 자리 잡고, 그 근처엔 업무지원 센

---

8) 마일즈 : Multiple integrated laser engagement system, MILES

터와 각종 업무편이시설이 조성된다.

이뿐만 아니라 적당한 위락시설도 들어선다.

공단 곳곳엔 공동식당이 배치된다.

대기업 구내식당보다 훨씬 나은 시설을 갖출 것이며, 솜씨 좋은 조리사와 영양사가 고용되어 식사를 책임진다.

뷔페식이며 혼자 사는 사람의 숫자가 파악되면 아침, 점심, 저녁 세끼 모두를 먹을 수 있게 된다.

남는 음식과 식재료는 군산시 푸드뱅크[9]로 보내진다.

아울러 스트레스 해소를 위한 먹자골목도 있다. 각종 음식 점과 카페 정도를 연상하면 된다.

이밖에 당구장, 탁구장, 야구연습장, 오락실, 노래방 등도 들어선다. 당연히 노래방엔 도우미가 없다.

곳곳에 공원과 녹지가 자리 잡는다. 그리고 공적인 업무를 처리할 관공서도 있다.

Y-시티 전체면적은 600만 평 규모이고, 완성되면 17만 명 이상이 거주하게 된다.

안동, 서산, 당진, 의왕, 서귀포, 포천, 광양, 하남, 통영, 제천, 김천시보다도 많은 인구이다.

지방자치법 제7조 시 · 읍의 설치기준을 보면 '시는 그 대부분이 도시의 형태를 갖추고 인구 5만 이상이 되어야 한다'고 되어 있다.

---

9) 푸드뱅크(food bank) : 폐기되는 정상 식품이나 식재료를 기부받아 결식자에게 지원하는 사회복지 시스템

Y—시티는 국내에서 가장 쾌적한 도시의 형태를 갖추고 인구도 충분하지만 승격은 요청하지 않을 예정이다.

군산시에서 절대 원하지 않을 것이고, 전체가 사유지이므로 시장과 시의회가 필요 없는 때문이다.

하지만 주민편의를 위한 주민센터와 소방대, 그리고 우편취급국[10] 과 은행은 꼭 있어야 한다.

Y—파이낸스가 돈을 빌려주기만 할 뿐 예금을 받지 않으므로 일반 은행이 필요한 것이다.

소방대와 우편취급국은 Y—시티에서 직접 운영한다.

Y—시티는 동서로 8.3km 정도 되고, 남북으론 3km 정도 된다. 이중 600만 평 정도를 쓰는 것이다.

하여 우편취급국과 소방서는 3개소씩 설치된다.

각각의 소방대에는 세계 최고의 장비를 갖추게 된다.

가장 효율적으로 소화할 수 있는 장비를 개발하여 지급한다. 미래기술이 적당히 들어간 것이라 별다른 위험 없이 삽시간에 화재를 진압할 수 있을 것이다.

현재는 산불이 발생하면 소방헬기에서 물을 부어 진화한다. '천조국' 이라 칭해지는 미국도 그러하다.

그런데 바람이 심하게 부는 등 일기가 불순하면 사고가 나서 소방관들이 순직하는 사고가 발생하곤 했다.

---

10) 우편취급국 : 우체국을 대신하여 국가로부터 우편 업무를 위탁받아 지역 주민에게 우편 서비스를 제공하는 기관. 개인이 운영

Y—시티 소방대에도 소방헬기는 배치되겠지만 물을 떠서 산불을 끄는 행위는 하지 않는다.

휴대용 대전차 무기 판처파우스트(Panzerfaust)처럼 생긴 발사장치로 '압축이산화탄소탄'을 발사하는 것으로 끝이기 때문이다. 드론을 이용하여 떨궈도 된다.

고도로 압축된 드라이아이스[11]가 담긴 이산화탄소탄이 터지면 그 즉시 가 불길을 덮어 산소공급을 차단한다.

드라이아이스 상태의 온도가 —78.5℃인지라 주변온도를 급격히 떨어뜨리는 냉각효과도 있다.

최대 사정거리는 6㎞이며, 10m 단위로 조절 가능하다. 따라서 비가 오든 한밤중이든 아무 상관없다.

다만 바람이 심하게 부는 경우엔 계속해서 발사하는 방법 또는 바람이 잦아들 때를 노린 발사를 택해야 한다.

아무튼 산불이 발생해도 가까이 다가가지 않고 진화할 수 있으며, 전기나 유류 화재에도 아주 요긴하다.

특히 밀폐된 공간에서의 효과는 그야말로 끝장이다.

단숨에 불길이 잡힐 뿐만 아니라 화재현장의 온도를 확 떨어뜨리기 때문에 금방 진입할 수 있다.

이뿐만이 아니다. 과거엔 열화상 카메라 같은 장비가 부족하여 인명을 구조하지 못하는 일이 많았다.

---

11) 드라이아이스(dry ice) : 이산화탄소를 높은 압력, 낮은 온도의 조건을 맞춰 고체로 변화시킨 물질. 고체에서 기체로 변화하는 승화성을 갖는다.

이를 방지하기 위한 첨단장비가 지급된다.

엄청난 화염 속에서도 구조를 기다리는 사람이나 동물을 식별할 수 있는 첨단장비이다.

고층건물 화재 시 헬리콥터의 접근이 어려울 때를 대비한 인명구조용 드론도 보급된다. 한번에 200kg까지 들어 올릴 수 있고, 1㎞ 정도 이동 가능한 고성능이다.

60층 높이에도 사용할 수 있으므로 굴절사다리차가 닿지 않는 높이의 한계를 극복하는 인명구조장비이다.

미국과 캐나다에서 소방관들이 착용하고 있는 소방장갑 '슈미츠 장갑'은 칼로 베어도 전혀 상하지 않고, 망치로 두드려도 손에 가해지는 충격을 장갑이 흡수한다.

무엇보다 화염 속에 노출되어 있는 소방관들의 안전을 위해 1,300℃까지 열을 가해도 견딜 수 있다.

Y―시티 소방대원들에게 지급될 소방장갑은 칼로 베어지지 않는 건 당연하고, 방검과 방탄까지 된다. 회칼처럼 끝이 날카로운 물건이나 총탄으로도 뚫을 수 없는 것이다.

내열온도는 무려 2,000℃이다.

참고로, 유성이나 소행성 파편이 지구의 대기권을 통과할 때의 온도가 1,650℃이다. 웬만한 건 다 타버릴 온도이다.

그런데 이보다 350℃가 더 높아도 뜨거움을 거의 느끼지 못한다. 탁월한 단열효과까지 있는 것이다.

이 소방장갑의 가장 큰 장점은 얇다는 것이다.

둔하지는 않지만 바늘은 집어 들지 못한다. 하지만 클립이나 작은 못 정도는 충분히 집어 올릴 수 있다.

소방장화도 뛰어난 성능을 가진다.

방염, 방수는 기본이고, 정전기 방지, 바닥으로부터의 감전의 위험 제거 등의 기능을 가졌다.

소방장갑과 마찬가지로 방검, 방탄, 단열기능이 있다.

이것의 최대 장점 역시 가볍다는 것, 그리고 쿠션감이 대단히 양호하다는 것이다.

체중 80㎏인 성인 남자가 2층 높이에서 콘크리트 바닥으로 뛰어내릴 경우 그 충격의 3분의 2쯤을 흡수해 준다.

쿠션에 공간확장마법이 걸리기 때문이다.

소방모와 소방두건, 소방복 또한 지구 최고의 성능을 가진 것으로 지급된다.

구급차는 2.5톤 트럭을 개조한 박스형이다.

환자를 위한 무진동장치가 설치되고, 달리는 차 안에서 간단한 수술을 할 수 있는 장비까지 갖춘다.

Y─메디슨에서 외상에 즉효가 있는 미라힐을 생산하기 시작하면 가장 먼저 제공해 줄 예정이다.

각각의 소방대엔 6개의 출동조와 1개의 예비조가 있는데 각각 15명으로 구성된다.

화재가 발생되면 지휘차에 2명, 펌프차에 4명, 물탱크차에 3명, 굴절차에 3명, 구급차에 3명이 탑승하기에 1조는 15명으로 구성된 것이다.

예비조 15명은 대원들에게 애경사가 있을 때와 휴가 등 특별한 경우에 대체 투입된다.

소방대는 24시간 3교대 근무를 하는데 매 3개월마다 제비뽑기를 하여 출동조와 예비조를 정하고, 근무시간도 정한다.

제비뽑기로 예비조가 되면 3개월간 출동 없이 훈련과 대기를 반복한다.

* * *

이때는 5팀으로 나눠 1일 3교대 근무를 한다.

출동조가 되면 이틀에 한번 1일 8시간 근무이다.

예를 들어, 9월 1일 오전 8시부터 오후 4시까지 근무한 A조는 9월 3일 오전 8시에 출근한다.

8시간 근무 후 40시간의 휴식이 주어지는 것이다.

한 달을 30일로 보면 15일만 근무한다.

하지만 주말과 연휴, 명절이 없고, 수시로 위험을 무릅써야할 상황과 대면하게 된다.

따라서 일반적인 연봉을 적용해서는 안 된다.

지난 2015년에 모 인터넷 사이트에 '5년 차 구조대원 월급명세서'가 공개되어 논란이 된 바 있다.

다음이 그 내용이다.

본　봉	1,328,500원
위험수당	45,000원
화재진화수당	72,000원
정액급식비	130,000원
직급보조비	105,000원
방호활동비	148,060원
합　계	1,828,560원

세금 등을 공제한 실수령액은 156만 9,890원이었다.

위기에 처한 인명을 구조하는 대가치고는 너무나 적은 금액이다.

참고로, 2015년의 소방공무원 월급은 다음과 같다.

소방서 계급	1호봉	31호봉
소방사	1,387,100	2,919,300
소방교	1,496,500	3,128,300
소방장	1,609,400	3,384,200
소방위	1,778,000	3,653,300

여기에 위험수당과 화재진화수당, 정액급식비, 직급보조비, 방호활동비가 추가되겠지만 여전히 적은 금액이다.

다음은 Y—소방대 대원 월급표이다.

소방서 계급	Y-소방대 직위	1호봉
소방사	일반대원	600만
소방교	책임대원	700만
소방장	지휘대원	800만
소방위	소방대장	1,000만

1년에 3%씩 자동으로 인상되고 별도의 수당이 있다.

어쨌거나 '6개 조+예비조'이니 소방대마다 소방대장이 7명씩 있다. 이들은 지휘하는 소방서장은 도로시 게일이다.

위성 등을 이용한 정보를 제공하여 가장 빨리 진화할 수 있는 방법을 제시한다.

사람이 접근하기 어려운 상황일 때 YG-4500 투입 결정도 도로시가 한다.

이들은 Y-시티 소방특공대라 불리게 될 것이다.

신고를 받고 출동했는데 주차된 차들이 가로막고 있을 경우엔 이를 밀어버려도 책임을 묻지 않는다.

또한 진화를 위한 조치 때문에 소방대원이 자비로 돈을 물어주는 일 따위는 없다.

참고로, 여성이 출동 소방대원이 되는 방법은 남성과 똑같은 기준을 통과해야 가능하다. 다시 말해 여자라고 해서 기준을 완화해주는 일 따위는 절대로 일어나지 않는다.

출동하지 않고 행정업무만 맡은 직원은 주 5일 근무를 하며, 처우는 Y—그룹 직원의 그것과 동일하다.

소방차 출동을 막거나, 구급상황에서 대원을 폭행한 자는 이유 여하를 막론하고 Y—시티에서 추방된다.

어쨌거나 소방대는 한 곳당 130명씩 재직한다.

이 중 12명은 소방대원의 식사를 책임진다. 7명은 행정업무를 맡고, 3명은 소방헬기 조종사, 3명은 정비사이다.

하여 Y—시티 소방대 재직인원은 총 390명이다.

우편취급국도 소방대처럼 세 곳에 설치된다. 금융업무만 보지 않을 뿐 우편과 택배 업무는 모두 가능하다.

국장 1명, 우편업무 2명, 택배업무 2명으로 1개소 당 5명이 근무하며 소방대원과 우편취급국 직원들도 Y—그룹 소속이 되므로 당연히 주거가 제공된다.

주민센터와 보건소는 적당한 곳에 자리만 제공한다. 파견인원의 급여는 군산시와 보건복지부 부담이다.

다만 공무원과 공보의들이 머물 관사는 제공해 준다.

공무원들은 한번 배치되면 진급을 마다할 정도가 될 것이다. 공보의들은 Y—시티에 개원하는 걸 꿈꾸게 될 것이다.

지점 설치를 원하는 은행들에겐 장소를 제공하고 적당한

임대료를 받는다. 은행원들에겐 주거를 제공하지 않는다.

Y—시티 중심부에 위치한 한국산업단지공단 전북지역본부와 배후의 3개 건물은 개조되어 종합병원 Y—의료원으로 탈바꿈된다. 양방과 한방 모두를 서비스 받을 수 있다.

처음엔 어렵겠지만 곧 서울의 유명 종합병원 못지않은 의료진으로 채워질 것이다.

최신, 최첨단 의료시설과 장비, 널찍한 연구실, 무리하지 않는 근무시간, 그리고 높은 연봉이 미끼이다.

국내에서 가장 높은 연봉을 지급한다는 서울삼성병원 연봉의 2배 정도면 줄을 설 것이다.

Y—의료원 이사장은 당연히 현수이다.

따라서 이들에겐 하인스 킴이라는 치트키가 주어진다. 미래의 발전된 의학기술을 배울 기회가 주어지는 것이다.

그리고 가능한 많은 의료인을 초빙하여 레지던트라 하더라도 며칠씩 집에 못 들어가는 일은 없도록 한다.

Y—시티 남서쪽 매립지 일부를 사들여 그곳에 Y—메디컬대학교를 설립하고, 교수직을 제안하여 새로운 의료인력도 키워 낼 것이다.

면허가 필요한 의학과, 한의학과, 치의학과, 약학과, 임상병리학과, 간호학과, 치기공과 정도만 있으면 된다.

지방의 무명대학이라 지원자가 부족할 것이라는 우려는 장학금과 학습장려금, 그리고 기숙사가 극복하게 될 것이다.

Y—메디컬 대학은 합격하면 입학금과 등록금 없이 공부한다. 오히려 매달 학습 장려금을 받게 된다.

교수들의 엄격하고, 공정한 평가에 따라 학기마다 바뀌는 학습장려금은 다음과 같다.

수(秀) 등급	상위 10%	매월 500만 원
우(優) 등급	상위 20%	매월 300만 원
미(美) 등급	상위 40%	매월 200만 원
양(良) 등급	상위 80%	매월 100만 원
가(可) 등급	하위 20%	매월 50만 원

6년 내내 수 등급이라면 3억 6,000만 원을 학습장려금으로 받을 수 있다.

이뿐만 아니라 모두에게 아파트형 기숙사(전용 14평)가 1인 1실로 무료 제공되며, 삼시 세 끼 모두 뷔페식으로 먹는다.

기숙사마다 세탁사가 배치되어 세탁물을 세탁해주고, 다림질 서비스까지 제공한다. 침대패드와 이불, 베갯잇도 한 달에 한 번씩 세탁해 준다.

매트리스는 3년마다 새것으로 교체된다.

기숙사는 당연히 냉난방이 되며, 간단한 취사를 할 수 있도록 전기레인지와 냉장고가 설치되어 있다.

잘 꾸며진 사우나도 있어 언제든 피로를 녹일 수 있다.

뿐만 아니라 최신 장서를 갖춘 도서관도 설치된다. 보고 싶은 자료는 신청만 하면 다 제공될 것이다.

졸업 후 면허 취득자는 전원 Y-그룹에 채용된다.

돈 한 푼 안 들이고 실력 있는 교수진으로부터 수업을 받고, 졸업 후엔 고용이 보장되어 있다.

비록 지방에 위치해 있고, 신설대학이라 유명하진 않겠지만 이 정도면 지원자가 쇄도할 것으로 예상된다.

이렇게 하여 Y-의료원이 자리 잡게 되면 Y-시티 주민뿐만 아니라 군산과 익산, 전주와 김제, 서천과 부안군 환자들까지 찾아오게 될 것이다.

미라힐뿐만 아니라 미래에 개발된 의약품을 우선적으로 공급받게 되니 당연한 일이다.

현수가 진행하고자 하는 것을 다음과 같다.

― 신수동 Y-빌딩 신축

― 서울 시내 100개소에 Y-파이낸스 빌딩 신축

― 서울 시내 100개소에 Y-어패럴 기숙사 신축

― 고양덕은지구에 Y-아파트 단지 건립

― 군산 Y-시티 조성

― 군산에 Y-아카데미와 Y-메디컬 대학 설립

이들의 공통점은 규모가 매우 큰 것, 천지건설에서 시공하는 것, 공사비가 전액 현금으로 지급되는 것, 현수가 건축주라는 것 이외에도 하나가 더 있다.

'단 하나의 외국인 노동자의 손도 빌리지 않는다' 는 것이다. 다시 말해 대한민국 사람이 아닌 자는 Y─그룹 관련 건설현장에서 일하지 못한다.

내국인 노동자가 외국인 노동자에 비해 상대적으로 인건비가 비싸다. 그래서 일자리를 많이 빼앗겼다.

그 결과 가난으로 시달리는 가정이 늘었고, 내수경기는 극도로 침체되어 있다.

같은 기간 동안 외국인 노동자가 번 돈은 외국으로 송금되어 대한민국의 외환보유액을 줄이는 데 일조했다.

내수경기 진작과 안정된 일자리를 늘리기 위한 일환으로 내국인만 쓰라는 것이다.

툭하면 같은 동포라고 이야기하면서도 자신은 지나 사람이라는 '조선족' 도 Y─그룹 현장에선 절대 일할 수 없다.

한국인의 혈통을 이었더라도 사상이나 기질이 이미 지나인과 같아졌기에 결코 받아들일 수 없는 것이다.

현재의 국적이 대한민국이더라도 위장결혼이 의심되거나, 국적 취득 후 이혼한 경우에도 쓰지 않는다.

불법체류자는 더더욱 당연하다.

아제르바이잔으로 출장 갈 때 신형섭 사장에게 신신당부할 내용은 다음과 같다.

공사비가 더 들거나, 공사기간이 대폭 늘어나도 괜찮습니다. 절대 외국인 노동자들은 쓰지 마십시오.

고양덕은지구와 Y─시티의 모든 공장들도 마찬가지이다.

현재 일하고 있는 외국인 노동자가 있다면 계약기간이 끝나는 대로 모두 내보내도록 할 것이다.

아울러 Y─그룹에 뭔가를 납품하는 거래처가 생긴다면 그들 또한 외노자 고용을 자제해 달라고 할 예정이다.

내국인 고용으로 인해 납품단가가 인상된다면 기꺼이 감수한다. 오른 건 기술혁신 등으로 절감하면 된다.

만일 거래처 사장이 더 많은 이익을 취하려 외국인노동자를 고용했다는 게 밝혀지면 거래를 끊어버린다.

Y─그룹과 납품계약을 맺을 때 납품단가보다도 더 강조한 것을 위반했다. 신의성실의 원칙을 걷어찬 것이다.

따라서 다시는 Y─그룹과 거래할 일이 없을 것이다.

전형적인 소탐대실(小貪大失)의 사례이니 땅을 치고 후회하겠지만 기차는 떠났다. 이는 다른 거래처에 경각심을 갖게 하는 좋은 본보기가 될 것이다.

일선 산업현장에선 '외국인 노동자가 없으면 공장문을 닫아야 한다' 는 주장을 한다.

이 말이 사실이 되려면 '한국인이 공장에서 일하려 하지 않는다' 는 것이 전제되어야 한다.

그런데 정말로 공장에서 일하려는 한국인들이 없을까?

한국인이 일하려 하지 않아서 외노자를 고용한다는 말은 100% 사장이나 고용주들의 주장이다.

단언컨대, 이는 사실이 아니다.

공장이나 기업이 외노자를 고용하는 이유는 비용이 훨씬 덜 들고, 외노자 채용을 무기로 한국인 근로자의 임금을 동결시키거나 낮출 수 있기 때문이다.

이는 어느 신문사의 2006년 8월 27일 보도로 확인할 수 있다.

다음은 외국인노동자 고용업체의 임금과 같은 기간 동안 내국인만 고용한 업체의 임금 비교이다.

	1994년	2005년	인상률
외노자 고용	103만 원	144만 원	39.8%
내국인 고용	102만 원	230만 원	125.5%

외노자를 고용한 업체의 임금인상률이 현저히 낮다.

— 너 아니어도 일할 사람 많아.

― 관두고 싶으면 관둬! 외노자 뽑으면 되니까.

― 너, 때려치워도 갈 데도 없잖아.

이런 말이 횡행했을 게 뻔하다. 이런 말을 들은 근로자들은
어떤 기분이고, 어떤 생각이었을까?

이를 단어로 표현하면 다음과 같을 것이다.

참담(慘憺) : 끔찍하고 절망적임.

비참(悲慘) : 더할 수 없이 슬프고 끔찍함.

비애(悲哀) : 슬퍼하고 서러워함.

당혹(當惑) : 정신이 헷갈리거나 당황함.

외노자들이 적었던 시기가 있다. 대충 IMF 이전의 대한민
국을 떠올리면 된다. 그때는 다음과 같았다.

― 비정규직이라는 어휘가 없었다. 모두가 정규직!

― 공무원 시험을 본다고 하면 그딴 건 왜 보냐고 함.

― 경찰 지원자가 없어서 경찰종합학교는 항상 미달.

― 중졸, 고졸도 쉽게 취직했고, 진급도 했음.

― 망하는 자영업자가 드물었음.

― 은행 예금이자는 연 10%가 당연했음.

― 기업들은 매년 많은 신입 사원들을 뽑았음.

IMF 이후 불과 20년 정도 경과된 현재의 대한민국은 'Hell—朝鮮'으로 일컬어지고 있다.

모두가 외노자 책임은 분명히 아니지만 헬조선이 되는 데 일조한 것만은 분명하다.

그래서 외노자들의 현장 접근을 완전히 차단해 달라는 요청을 하려는 것이다.

신형섭 사장은 현수의 말을 따를 것이다.

천지건설 입장에선 단 한 푼도 손해 보는 일이 아니니 당연한 일이다.

Chapter 08
—
가자! 러시아로

"도로시! 내가 깜박 잊고 있었는데 내 돈 불려준다며? 그거 왜 보고 안 했어?"

투자가 잘못되어 몽땅 잃었다는 생각은 아예 없다. 도로시는 잠시 망설이는 듯하더니 말을 잇는다.

"그게… 말씀이 없으셔서요."

지난 4월 20일에 아일랜드 데프 잼 레코딩스에서 저작권료로 송금한 1,000만 달러를 불려보라는 지시를 내렸다.

사흘 뒤 일본 구마모토에서 지진이 발생했다.

닷새 후인 4월 25일엔 에콰도르에서도 지진이 일어났다.

5월 6일엔 LA 외곽 BOA에서 맥밀란 영감이 들고 온 슈퍼

노트 때문에 난리가 벌어지기 시작했다.

5월 8일엔 지나에서 위안화 위조지폐가 발견되었다.

5월 하순엔 한국에서 에이프릴 증후군이 창궐하였고, 6월 24일엔 영국이 EU를 탈퇴하는 브렉시트 결정이 있었다.

얼마 되지 않는 기간이고, 피 튀기는 전쟁이 벌어진 것도 아니건만 지구촌은 한바탕 몸살을 앓았다.

지금은 한국에서 중동지역과 동남아시아로 번진 에이프릴 증후군 때문에 세계가 잔뜩 긴장한 상태이다.

한국은 세계 3위 수출대국이었다.

한국무역협회 국제무역연구원은 2016년 2월 14일에 '세계 수출시장 1위 품목으로 본 우리 수출경쟁력'이라는 보고서를 발간한 바 있다.

이를 보면 1위 품목은 64개이고, 2위는 101개이다.

그런데 한국에서의 수출이 딱 끊겼다. 하여 많은 외국기업들이 곤란을 겪고 있다. 이들 기업의 향후 전망이 좋을 땐 주가가 올랐을 것이고, 비관적일 땐 폭락했을 것이다.

이런 격변의 시기를 거쳤으니 탁월한 능력을 가진 도로시가 얼마나 벌어났을지 참으로 궁금하다.

원래는 6월 말쯤 얼마가 되었는지 말해주기로 했었으나 그간 바쁜 일이 많아서 묻지 않았더니 보고하지 않았다.

뭔가 꿍꿍이가 있었다는 뜻이다.

"그럼 보고해 봐."

"과정을 다 말씀드려요? 아님 현재 가치를 말씀드려요?"

주식이나 선물도 보유하고 있다는 뜻이다.

"깔끔하게 현금화하면 얼마가 되는지 보고해."

"네! 현재 508억 8,540만 7,615달러 13센트예요."

"뭐? 얼마……?"

종자돈은 1,000만 달러이다. 그런데 5만 배 이상 뻥튀기가 되었다는 보고이다.

반년도 되지 않았다는 걸 누구보다 잘 알기에 혹시 잘못 들었나 싶어 반문한 것이다.

"지금 즉시 몽땅 현금화했을 때 508억 8,540만 7,615달러 13센트라고요."

도로시의 말이 사실이라면 채 5개월도 되기 전의 수익률이 5,000,000% 이상이라는 이야기이다. 이게 말이 되는가?

하여 의아하다는 표정을 지었다.

"어떻게 한 거지?"

"에고, 그거 다 설명하려면 사흘 밤낮은 해야 해요. 걍, 우리 도로시가 열심히 일해서 큰돈을 벌어왔구나 그냥 이렇게 생각해 주세요. 호호호!"

도로시의 얼굴엔 자랑스러움이 역력했다.

"정말?"

"네! 제게 입력되어 있는 기존의 역사와 전에 없었던 일로 인한 새로운 파문을 잘 계산해서 최고의 수익률을 내도록 초

단타 매매까지 했다는 걸 알아주세요.”

말은 이렇게 했지만 도로시는 주가조작을 마다하지 않았다. 디지털 세계의 신이니 이 정도는 식은 죽 먹기이다.

“어떤 나라를 털었는데?”

좋은 말로 할 때 순순히 불라는 뜻이다.

“어머! 제가 무슨 강도예요? 털긴요. 그냥 인플레이션이 심하거나 그런 나라의 상태를 조금 이용했을 뿐이에요.”

도로시는 살짝 새침해진 음성이다. 하여 살살 달래는 표정으로 물었다.

“좋아! 어떤 나라를 이용해서 돈을 불렸어?”

현수의 음성이 온화해지자 또다시 자랑스럽다는 표정이 되어 입을 연다.

“일단은 브라질과 아르헨티나 등이에요.”

“흐음! 지금 브라질의 국가신용등급은 투기등급인 BB지? 아르헨티나는 한때 디폴트[12] 상황이었고.”

“네! 맞아요.”

국가 신용등급이 ‘투자등급’ 이 아닌 ‘투기등급’ 이란 것은 투자부적격이라는 뜻이다.

다시 말해 잘못되면 원금을 몽땅 날릴 수도 있다.

브라질과 아르헨티나는 그릇된 정책과 환율전쟁으로 인한 <u>외환위기를 겪고</u> 있는 상황인데 거기서 돈을 벌었다고 한다.

12) 디폴트(default) : 공·사채나 은행융자 등에 대한 이자 지불이나 원리금 상환이 불가능해진 상태

이건 일종의 반칙이다.

돈 가지고 잔뜩 사재기를 했다가 가뭄이나 홍수를 입은 이재민이나 수재민을 상대로 떼돈 버는 것과 다름없다.

사전에 양심상 거리낌 없을 투자만 하라고 하지 않았으니 도로시의 잘못은 없다.

그냥 많이 벌라고만 했으니 아마도 수단과 방법을 가리지 않았을 것이다.

"쩝~! 브라질 지도 띄워봐."

"넵!"

눈앞에 뜬 지도를 한참 동안 바라보던 현수가 입을 연다.

"여기, 브라질 최남단 주(州)의 명칭이 '히우 그란지 두 술(Rio Grande do Sul)'이지?"

"네! 맞아요."

"좋아, 여기 개관을 설명해봐."

"넵! 히우그란지두술주의 총 면적은 28만 2,062㎢이에요. 주도(州都)는 포르투 알레그레(Porto Alegre)고요. 인구는 오늘 현재 1,112만 8,317명이에요. 그리고……."

도로시의 설명은 잠시 이어졌다.

현수가 점찍은 '히우그란지두술' 주의 북쪽은 브라질 고원의 남단부에 해당하는 파랑상 구릉[13] 이다.

해발고도 600~900m에 이르는 고원지대이다. 이 지역에선

---

13) 파랑상(波浪狀) 구릉 : 파도 형태의 구릉. 높게 솟은 산 없이 고만고만한 높이의 구릉들이 연속적으로 넓게 펼쳐지는 것

포도 재배가 성(盛)하다.

중부는 자쿠이강(江)이 충적평야[14]를 형성하며 동쪽으로 흘러 대서양에 이른다. 자쿠이강 상류에선 귀리와 밀이 재배되고, 하류의 평야에선 쌀이 많이 생산된다.

남쪽은 파라나플라타 강(江) 하구의 삼각주[15]에 연속된 구릉지로 해발고도 300~400m인 상대적 저지대를 이룬다.

이곳에선 소와 양의 대규모 목축업이 성하다.

"면적이 얼마라고?"

"28만 2,062㎢이에요."

남한 면적의 2.8배를 살짝 웃도는 넓이이다.

"그냥 평으로 환산해서 말해줘."

"넵! 853억 2,337만 1,044평이에요."

"좋아! 브라질의 외채는 얼마나 되지?"

"지난 7월 3일 브라질 중앙은행의 발표에 따르면 장기외채는 2,709억 달러고요, 단기외채[16]는 605억 달러예요."

"단기외채가 브라질에 외환위기를 선사한 거지?"

"맞아요! 그 때문에 기준금리를 왕창 올렸죠. 조만간 IMF 구제금융 신세를 져야 할 거예요."

조만간 브라질이 쑥대밭이 될 거라는 이야기다.

---

14) 충적평야(沖積平野) : 하천에 의해 운반된 자갈, 모래, 진흙이 범람하여 연안의 낮은 땅에 퇴적함으로써 이루어진 평야

15) 삼각주(三角洲) : 바다나 호소(湖沼)로 흘러드는 하천의 하구에 토사가 집중적으로 쌓여 형성되는 충적지형

16) 단기외채 : 빌릴 때 만기를 1년 미만으로 설정한 외채

한국의 기준금리는 현재 1.25%이다. 반면 브라질은 40%이다. 이 때문에 헤알화 폭락사태가 빚어졌다.

근시안적인 경제정책 때문에 서민들만 죽어나는 중이다.

"흐으음!"

현수는 잠시 턱을 괸 채 상념에 빠졌다. 뭔가를 심각하게 생각할 때의 습관이다.

약 5분 후 현수의 감겼던 눈이 떠진다.

"아르헨티나 지도도 띄워봐."

"넵!"

브라질 지도가 사라지고 아르헨티나의 지도가 보인다.

"먼저 코리엔테스주에 대한 개관을 설명해 봐."

"네! 면적 8만 8,199㎢이고, 인구는 1,102만 1,258명……."

아르헨티나 북동부의 주(州) 코리엔테스에 대한 설명을 들은 현수는 시큰둥한 표정이다.

"엔트레리오스주는?"

"면적은 7만 6,216㎢이고, 인구는 1,317만 6,657명……."

한참 설명을 듣던 현수는 파라나와 산타페 사이의 파라나 강 밑으로 지하도가 뚫려 있고, 하류의 삼각주에는 수많은 도로와 철도가 있어서 부에노스아이레스와의 교통이 편리하다는 대목에서 인상을 찌푸렸다.

그리고는 아르헨티나 최남단의 산타크루스주에 대해 물었다. 면적은 24만 3,943㎢이고 인구는 324만 5,478명이다. 면적에 비해 인구가 적은 편이다.

　서부는 대륙성 빙하로 덮인 안데스 산지이고, 중부는 고원지대이며, 동부는 대서양에 면한다. 농사짓기엔 너무 척박하고 춥다는 설명에 고개를 흔든다.

　"그만!"

　"넵!"

　"브라질과 아르헨티나 말고 다른 나라에서도 돈 벌었지?"

　"네! 유럽 쪽엔 러시아와 우크라이나도 있어요."

　"러시아와 우크라이나?"

　두 나라도 외환위기를 겪고 있는 중이다. 도로시가 어려워서 골골대는 놈들만 골라서 팬 모양이다. 도로시를 탓할 일은 아니기에 아무렇지도 않는 표정을 지어 보였다.

　"네! 지도 띄워 드려요?"

　"그래! 러시아부터."

　"넵!"

　말 떨어지기 무섭게 눈앞의 지도가 바뀐다. 이때 문득 스치는 상념이 있었다.

　"러시아 통합가스공급계획 중 한국 관련만 보여줘."

　"넵!"

　러시아 정부의 통합가스공급계획 중 한국으로 공급될 천연가스는 사할린에서 생산되는 것이다.

　사할린에서 하바롭스크를 거쳐 블라디보스토크까지 파이

프라인을 건설하여 한국으로 보낼 것으로 계획되어 있다.

1단계 파이프라인 건설구간의 연장은 약 1,350㎞이다.

문제는 남북한이 여전히 긴장상태라는 것이다.

북한의 영토를 거치지 않고는 한국으로의 공급이 여의치 못하다. 하여 계획만 잡혀 있을 뿐 착공조차 되지 않았다.

북한에서 허락한다 해도 블라디보스토크 인근에서 속초까지의 파이프라인 연장도 약 1,300㎞이다.

엄청난 기간과 돈이 들어갈 공사이다.

현수는 잠시 지도에 시선을 고정시킨 채 상념에 잠겨 있었다. 예전엔 북한의 지도자가 고분고분하여 원하는 대로 할 수 있었지만 지금은 아니다.

문득 떠오르는 기억이 있다.

"도로시! 러시아가 로스차일드로부터 빌린 황금 89톤은 반환되었어?"

황금을 빌려주고 가스관 연결공사와 연간 1,000만 톤씩 50년간 공급받는 계약을 했던 걸 떠올린 것이다.

"잠시만요!"

도로시가 황금과 푸틴에 대한 자료를 찾고 있을 때 문득 떠오른 생각이 있었다.

"그리고 러시아 레드마피아 중에 지르코프 야진스키 이바노바와 드미트리 알렉세이 다닐로프라는 인물을 찾아봐 줘. 모스크바에 있는 드모비치 상사의 현황도."

"네, 잠시만요. 아…! 황금 89톤은 현물로 반환되었어요. 이 때문에 러시아의 외환위기가 빨라졌군요."

"그래…? 근데 뭘 보고 알 수 있는 거지?"

"러시아의 2013년 연말 외환보유액은 5,096억 달러였어요. 당시 세계 4위였죠. 근데 2014년 연말엔 3,855억 달러로 쪼그라들었어요. 불과 1년 만에요."

"그랬어? 그래도 상당히 있었는데 왜 외환위기야?"

"이후에 저유가 때문에 외환보유액이 거의 바닥났거든요."

"그래! 그런 일이 있었지."

서구의 공세로 인한 저유가 시대였던 때를 떠올린 말이다.

석유수출국 기구 OPEC가 증산을 시작하자 유가가 하락했다. 석유를 수출하던 러시아의 수출 수익도 급전직하했다.

러시아는 곡물 수입대금을 지불하기 위해 서구로부터 돈을 빌릴 수밖에 없었다.

그러는 과정에서 동유럽 국가들과 소비에트 공화국들에 대한 전략적 영향력을 거의 잃게 되었다.

이후 러시아의 크림반도를 합병하고, 우크라이나 동부 분리주의자들을 지원하자 서구는 신규차관을 축소시켰다.

그 결과 러시아의 루블화는 미국 달러화에 대한 가치가 떨어졌다. 아울러 끝을 알 수 없는 경기침체에 빠지고 말았다. 경제구조 자체에 문제가 있으며, 불리한 인구 동향과 적절치 못한 투자환경 때문이라 당분간은 지속될 일이다.

"암튼 그때 왜 그렇게 외환보유액이 많이 줄었는가를 일일이 확인해보았는데 러시아에서 뜬금없이 황금 89톤을 매입한 기록이 있네요. 금값이 상당히 비쌀 때였어요."

"그래? 그걸 로드차일드에 반환했다고?"

"네! 반출 기록이 있으니 그렇겠죠. 근데 공식적인 기록은 아니에요. 그리고 일반적인 루트로 반출된 것도 아니고요."

공식적으로 빌린 게 아니니 당연히 비공식적으로 반환할 수밖에 없었을 것이다.

곡물수입 대금을 결제하기 위해 빌렸던 것이다.

그렇게 하여 막대한 양의 곡물이 반입되어 지지율이 대폭 상승했으니 푸틴으로선 손해 본 일은 아니다.

다만 이자율이 높아서 로스차일드 놈들이 막대한 이득을 취했다는 것이 배가 아플 뿐이다.

＊   ＊   ＊

"그랬어? 그럼 어떻게 했는데?"

"황금 89톤은 화물기에 실려 리투아니아 공군기지로 갔어요. 그러고는 영국의 잠수함에 실렸네요."

"그래서 최종 목적지는?"

"닷새 후 영국 버킹엄서 로스차일드 저택으로 들어갔어요. 에블리 로스차일드의 장남 피터 로스차일드의 성(城)이죠. 그러고는 반출된 정황이 없었어요."

"젠장……!"

현수는 나직이 투덜거렸다. 돈으로 황금을 사서 푸틴의 마음을 사로잡고, 조차지를 얻는 건 물 건너갔기 때문이다.

"그럼, 둘의 건강 상태는?"

"뭐, 둘 다 괜찮아요. 컨디션도 괜찮아 보이고요."

위성을 통해 둘을 실시간으로 보고 있는 모양이다.

"메드베데프는 중독되지 않았어?"

"네! 의무기록을 몽땅 뒤져봤는데 그런 거 없네요."

"끄으응!"

어떻게 하든 푸틴이나 메드베데프와 접촉을 해야 하는데 마땅한 방법이 없기에 내는 침음이다.

이때 도로시가 뭔가를 찾은 모양이다.

"메드베데프의 부인 스베틀라나 여사는 심각한 골다공증이고, 아들 일리야는 펜싱을 하다 눈을 다친 상태예요."

"아! 그래?"

듣던 중 반가운 소리였기에 눈을 크게 떴다.

"엘릭서 남았지?"

"당근이죠. 반병씩이면 둘 다 말끔해질 거예요."

"흐음! 근데 그걸 어떻게 전하지?"

이걸 마시면 당신의 부인과 아들이 괜찮아질 거라고 이야기 해도 전혀 믿지 않을 확률이 대단히 높다.

푸틴과 메드베데프는 정적(政敵)이 많기에 독극물에 의한 암살 혹은 테러를 우려하고 있다. 따라서 시험해본다고 개나 고양이에게 먹여볼 수도 있다.

무궁한 가치를 가진 엘릭서가 고작 개나 고양이를 건강하게 해주고 끝나게 될 수도 있는 것이다.

상상하고 싶지 않은 결과이다. 그런데 현재로선 방법이 없다. 그렇다면 다른 방향에서의 접근을 모색해야 한다.

"드미트리와 지르코프, 그리고 드모비치 상사는 아직 못 찾은 거야?"

"아뇨! 한국에 파견되었던 드미트리는 알렉세이 이바노비치가 암살될 때 곁에 있다가 총상을 당해 사망했어요. 심장과 허벅지에 한 발, 간은 관통되었네요."

"끄응! 드모비치 상사는?"

"알렉세이 이바노비치가 죽고서 유명무실해진 상태네요."

"그럼, 지르코프는?"

"지르코프는 현재 노보로시스크의 보스로 있어요."

"그럼, 빅토르 아나톨리에스키 밑으로 들어간 거야?"

빅토르가 알렉세이 이바노비치가 죽였는데 그의 심복이나 다름없던 지르코프가 여전하다니 물은 말이다.

"잠시만요! …그건 아니네요."

"빅토르 아니톨리에스키가 레드마피아를 장악하긴 했지만 지르코프는 그의 명을 따르지 않아요."

"뭐어? 레드마피아에서 그게 가능한가?"

현수는 레드마피아에 대해 아주 잘 알고 있다.

알렉세이 이바노비치가 70세에 은퇴하면서 보스의 자리를 넘겨주어 한동안 레드마피아 서열 1위였기 때문이다.

한창 러시아 이실리프 자치령을 개발하던 때라 너무 바빠서 불과 반년만에 지르코프에게 자리를 물려줬다.

러시아 정부와 의회로부터 보르자와 네르친스크 지역의 실카강과 아르곤 강 사이의 10만㎢를 150년간 조차[17] 받았는데 이 중 4만 1,000㎢가 농경지로 개발되었다.

약 124억 평에서 생산된 각종 농산물은 자급을 하고도 남아서 러시아와 한국으로 수출했었다.

이때 수족처럼 움직이던 이들이 바로 레드마피아 단원들이다. 현수를 만난 이후 음지에서 양지로 옮겨갔던 것이다.

아무튼 레드마피아는 보스의 명을 따르지 않는 부하를 혹독하게 대한다.

그럼에도 불구하고 지르코프가 여전히 노보로시스크를 장악하고 있다고 하니, 한번 만나 봐야겠다는 생각이 들었다.

지르코프는 부친 때문에 상트페테르부르크 의과대학을 졸업한 앞날 창창한 의사였음에도 레드마피아에 몸담았다.

부친으로부터 조직을 물려받고 얼마 지나지 않았을 때 어

17) 조차(租借) : 특별한 합의에 따라 한 나라가 다른 나라 영토의 일부를 빌려 일정한 기간 동안 통치하는 일

린 보스를 탐탁지 않게 여기던 중간보스들이 세력을 규합하여 쿠데타를 일으켰었다.

마약거래와 인신매매로 많은 돈을 벌고 있었는데 지르코프가 이를 금지시키자 반기를 든 것이다.

마약은 인간을 극도의 타락으로 몰아넣는 마물이고, 인신매매는 한 인간의 존엄성을 무자비하게 무너뜨리는 일이다.

의사 출신이니 이를 두고 보지 못한 것이다.

어쨌거나 지르코프는 친위대를 이끌고 응징에 나섰다.

그 결과 약 200명의 마약 제조 및 밀매조직과 인신매매 조직들이 소탕되었다.

신문엔 특수부대 스페츠나츠가 나서서 정리한 것으로 보도되었지만 실상은 지르코프가 직접 처단한 것이다.

생명을 소중히 여기는 의사가 직접 목숨을 끊어버린 이유는 사람이 한 짓이라 믿어지지 않은 악행을 너무도 많이 저질렀다는 것은 알게된 때문이다.

아무튼 장년의 지르코프는 누구보다도 젠틀한 엘리트였다.

항온의류 독점판매로 얻은 이익 중 일부는 모친을 죽음에 이르게 했던 만성신부전증을 치료할 신약을 개발해달라며 쾌척하였고, 나머지는 어렵게 사는 이들을 위한 구호기금으로 내놓은 바 있다.

당연히 현수보다 먼저 죽었는데 죽은 후 그가 남긴 재산은 얼마 되지 않았다.

축재(蓄財)에 관심이 없었던 것이다.

자식들도 레드마피아와는 관련 없는 삶을 살았다. 대신 이실리프 자치령 간부로서 자신들의 유능함을 증명했다.

"글쎄요? 그 사람이 왜 건재한지는 저야 모르죠."

"알았어. 아제르바이잔 출장이 끝나면 콩고민주공화국을 거쳐 러시아로 갈 테니까 미리 준비해."

"우크라이나와 브라질, 그리고 아르헨티나는 안 가시고요?"

"시간 봐서 갈 거야."

항공권을 챙기라는 뜻이다. 디지털 세계의 신이니 아마 없는 항공권도 만들어낼 수 있을 것이다.

"네! 1등석으로 준비할게요."

"1등석…? 그냥 비즈니스 정도면……."

현수의 말은 중간에 잘렸다.

"안 돼요. 전용기를 타서도 부족할 판에 비즈니스석이라니요? 무조건 1등석을 타서야 해요."

"그건 내가 눈에 뜨일까 봐……."

"폐하! 이번 출장엔 신일호와 신이호가 동행해요. 걔들은 어디에 있어야 할까요?"

경호원으로 데리고 간다는 뜻이다.

"내일 신 사장님과 함께 타는 비행기에도 동행이야?"

"당근이죠! 근데 광학스텔스 상태로 가니까 걱정 마세요."

바로 곁에 있어도 눈에 보이지 않는다는 뜻이다.

"러시아로 갈 때도?"

"아뇨! 그때는 그냥 탈 거예요. 경호원이 있다는 걸 알아야 함부로 안 하니까요."

러시아에는 공공연하게 인종차별을 하는 자들이 있다.

다문화국가임에도 인종차별은 해선 안 될 짓이라는 걸 가르치지 않기 때문이다.

그렇다면 러시아행 비행기 안에도 무례한 자들이 탈 수 있다. 그런데 떡대 좋은 경호원들이 지키고 있다면 어떻게 하겠는가! 아마 눈치를 심하게 보게 될 것이다.

그렇기에 과시용으로라도 신일호와 신이호를 드러내겠다는 뜻이다.

물론 적당히 모습을 바꾼다. 러시아 특수부대 스페츠나츠 소속 군인처럼 보이면 아무도 집적대지 못할 것이다.

"알았어."

현수는 다시 상념 속으로 잠겨들었다. 어떻게 해야 할 것인지를 고심하기 시작한 것이다.

마법을 쓸 수만 있다면 일사천리로 해결할 수 있겠지만 현재는 불가능하다. 따라서 차근차근 절차를 밟는 방법을 생각해 내야 하는데 쉽지 않은 것이다.

　　　＊　　　　　＊　　　　　＊

2016년 9월 5일 월요일 오전 8시 40분.

현수는 김지윤이 운전하는 마이바흐를 타고 인천공항 출국
장에 도착하였다. 오라는 시각보다 1시간 20분쯤 빠른 도착
이다. 그런데 이연서 총괄회장이 보인다.

하여 서둘러 다가갔다.

"하하! 어서 오시게."

이 회장은 사람 좋은 웃음을 지어 보인다. 그의 곁에는 수
행비서로 보이는 사내들 여럿이 있다.

그들의 시선은 현수에게 고정되어 있다.

이 회장이 이처럼 살갑게 대하는 사람은 대체 누군가 싶은
것이다. 아들이나 딸에게도 이런 웃음은 지어 보이지 않기 때
문이다.

"회장님! 제가 늦은 건가요?"

"아냐, 아냐! 늦기는…? 오라는 시간보다 1시간 이상 일찍
왔네. 그나저나 여기서 이러지 말고 라운지로 가세."

"네! 회장님."

이 회장의 뒤를 따라 VIP용 라운지로 가는 동안 이 회장의
비서들 사이에 대화가 오간다.

"이봐, 저 친구가 누군지 알아?"

"글쎄? 나도 처음 보는 얼굴이야."

모른다는 뜻이다.

"혹시 회장님의 숨겨둔 ……."

"이보게! 지금 자넨 회장님을 욕보이려는 겐가?"

"아! 미안, 방금 한 말은 잊게. 그나저나 누구지? 아드님이나 손자들 대하실 때도 저렇듯 살갑지 않으신데."

"그러게. 근데 그걸 알면 내가 자네에게 물어봤겠어?"

"끄응! 궁금하네."

"나도 몹시 궁금해."

비서들이 이런 이야길 할 때 현수와 이연서 회장은 라운지로 들어가 자리를 잡고 앉았다.

"참, 아침식사는 했나?"

"저는 아직입니다. 회장님은 드셨습니까?"

"나이를 먹으면 아침잠이 없다네."

새벽에 일어나서 진즉에 먹었다는 뜻이다.

"자넨 뭣 좀 먹게."

"그럴까요?"

현수가 자리에서 일어서려 할 때 출입구가 열리고 김지윤과 조인경이 들어선다. 김지윤은 주차를 했고, 조인경은 현수의 짐을 챙기느라 약간 늦은 것이다.

둘러보다 시선이 마주치자 종종걸음으로 다가선다.

"자넨 복도 많네."

"네?"

무슨 뜻이냐는 표정을 지어보이자 이연서 회장은 익살스러운 웃음을 짓는다.

"천지건설 양대미녀를 모두 비서로 두었으니 말이네."

"아…! 네에. 그럼요! 제가 전생에 나라를 구했나 봅니다. 고맙습니다, 회장님!"

"엥? 내가 뭘……?"

"천지건설 양대미녀를 제게 주셨지 않습니까."

농담을 농담으로 받아들이자 호통한 웃음을 터뜨린다.

이 라운지에 있는 사람 모두 천지건설 관계자이라 그런지 거리낌이 없다.

"하하! 하하하! 그래, 그랬지."

"정말 고맙습니다."

"그래! 그럼 말이지……."

이연서 회장은 더 말하려다 조인경과 김지윤이 다가오자 입을 다물었다.

둘을 대상으로 농담하면 안 될 만큼 가까이 온 것이다.

"전무님!"

"수고했어. 아침 식사부터 하지. 같이할까?"

"네! 저희가 챙길게요."

간결하게 대답한 김지윤은 조인경과 더불어 차려진 음식으로 향했다. 이들의 뒷모습을 잠시 지켜보던 이연서 회장이 다시 입을 연다.

"나중에 양복 두 벌은 해줘야 하네."

월하노인[18] 역할을 했으니 대가를 지불하라는 뜻이다.

"아이고, 그럼요! 당연히 해드려야죠. 최고급으로 해드리겠습니다. 근데 그거보다는 회장님 건강에 좋은 건 어떨까요?"

"내 건강에 좋은 거……?"

심히 궁금하다는 표정이다.

나이가 들면서 기력이 떨어질 즈음이 되자 자식들은 몸에 좋다는 걸 바리바리 싸들고 왔다.

그중엔 100년 묵은 천종산삼도 있었고, 웅담, 녹용, 사향, 심지어 해구신까지 끼어 있었다.

---

18) 월하노인(月下老人) : 부부의 인연을 맺어준다는 전설상의 늙은이. 당나라의 위고(韋固)가 달밤에 어떤 노인을 만나 장래의 아내에 대한 예언을 들었다는 데서 유래

Chapter 09

—

거긴 안 됩니다

　돈이 없어서 못 사지 돈만 있으면 살 수 있는 것들이라 몸에 좋다는 건 거의 다 먹은 바 있다. 실력 있는 한방주치의가 있기에 그리 어렵지 않은 일이었다.

　자신이 어느 위치인지 뻔히 알 만한 사람이 궁금증을 유발시키니 관심 있다는 표정을 지었다.

　"네! 아주 좋은 겁니다. 비행기에 탑승하면 드리겠습니다."

　뭔진 모르지만 자신 있다는 표정이다.

　"호오! 그건 뭔가?"

　"아직은 비밀입니다. 후후후!"

　"비밀? 비밀 좋지. 좋아! 기대해 보겠네."

"전, 그럼 잠시 아침식사를 하고 오겠습니다."

"그래, 그러시게."

현수는 김지윤과 조인경이 세팅해놓은 테이블로 향했다.

잘 버무려진 샐러드와 스프, 샌드위치, 와플, 오렌지주스, 수제 쿠키 몇 개다.

"난 커피가 좋은데."

저도 모르게 중얼거린 말이다. 그런데 말 떨어지기 무섭게 김지윤이 벌떡 일어선다.

"어머! 잠깐만요. 제가 가져다 드릴게요."

"아니! 괜찮아. 그건 나중에……."

현수와 시선이 마주친 지윤은 다소곳하게 앉았다. 방금 한 말이 진심이라는 걸 이심전심으로 느낀 모양이다.

"자! 그럼……."

스프부터 몇 번 떠먹고는 샐러드를 포크로 찍었다. 그제야 지윤과 인경도 스푼과 포크를 든다.

나름 윗사람에 대한 예우를 갖춘 것이다. 현수는 샌드위치를 한입 씹어보았다.

"흐음! 생각보다 맛이 괜찮네."

"그죠? 저도 방금 그 생각했어요."

이들이 간단한 아침 식사를 하고 있을 때 천지건설 로비에선 직원들이 웅성거리고 있었다.

공지 게시판에 붙은 넉 장의 종이 모두 인사명령 공고문인 때문이다.

《 천지건설 2016-09-11 》

- 인사명령 -

소속 : 대표이사 비서실
직위 : 과장
성명 : 조인경

위의 사원을 '차장'으로 승진 임명함.
화성시 향남아파트 미분양분을 일괄 매각하는데 혁혁한
공을 세워 사규에 따라 1계급 승진을 명함.

2016년 9월 5일
인사부장 최명헌

《 천지건설 2016-09-12 》

- 인사명령 -

직위 : 전무이사
성명 : 하인스 킴(Heins Kim)
사번 : 1605090001

상기인을 당사 '전무이사'로 임명함.

2016년 9월 5일
대표이사 신형섭

《 천지건설 2016-09-13 》

– 인사명령 –

소속 : 대표이사 비서실
직위 : 차장
성명 : 조인경

위의 사원을 하인스 킴 전무이사 비서실로 전보함.

2016년 9월 5일
인사부장 최명헌

《 천지건설 2016-09-14 》

– 인사명령 –

소속 : 개발사업부
직위 : 차장
성명 : 김지윤

위의 사원을 하인스 킴 전무이사 비서실로 전보함.

2016년 9월 5일
인사부장 최명헌

공고문에 붙은 게시물을 보는 사원들이 웅성거린다.

"우와! 또 진급이야? 조인경 과장 대단하네."

"그러게! 일 년에 두 번이나 승진이야."

"김지윤 차장은 또 어떻고?"

"맞아! 김 차장은 아예 한 번에 두 계급 승진했잖아."

"근데 향남아파트라면 분양이 안 돼서 분양팀에서 죽을라고 하던 거 아냐?"

"맞아! 위치가 별로라 분양이 안 되던 거였어."

"그래서 직원들이 사면 할인해준다고 했던 거야?"

"그래! 근데도 분양이 안 됐지."

"헐~! 그거 준공할 때 되지 않았나?"

"뭐래? 이 사람아! 지난주에 준공된 거 몰라?"

"헐~! 그럼 준공될 때까지 하나도 분양이 안 되던 걸 한방에 몽땅 털어냈다는 거잖아?"

"맞아, 그러니까 또 승진이지. 승진! 아, 부럽다."

"그러게! 이건 확실한 승진 사유네."

"근데 그거 거의 원가에 넘긴 거래."

"원가? 그럼 뭐 특별한 공은 아닌 거 아닌가?"

"이 사람아, 원가라도 어디야? 준공될 때까지 하나도 안 팔린 아파트를 그럼 그냥 안고 있어야 해?"

"맞아! 원가에라도 처분하는 게 낫지. 그거 그냥 안고 있으면 계속 관리비만 들고… 승진 사유 맞아!"

"아하! 그래서 이번엔 포상금이 없는 건가?"

"그러네! 포상금 준다는 건 없네."

"근데 전보(轉補), 뜻이 뭐였지?"

"다른 관직이나 자리로 옮겨진다는 뜻."

"아! 맞다. 근데 하인스 킴 전무라는 분은 누구야?"

"몰라! 아는 사람이 별로 없어."

"이름을 보면 외국인인데 성은 한국인이네."

"에고, 이 사람아! 외국인 중에도 성이 '킴'인 사람 있어."

"그래? 누구?"

"킴 카다시안(Kim Kardashian) 있잖아."

"헐! 그건 예명이지. 본명은 Kimberly Noel Kardashian이라고. 그리고 외국은 성이 뒤에 붙는 거 몰라?"

"그래? 그럼, 미국 가수 릴 킴(Lil' Kim)있잖아."

"그것도 예명이야. 본명은 Kimberly Denise Jones라고."

"야! 너 낙하산이지? 어떻게 우리 회사에 입사한 거야?"

"헐! 농담도 못 해? 크크크!"

이상은 남성 사원들 사이에 오간 대화이다.

이들보다 살짝 앞쪽에 있던 여직원들은 아무런 말없이 인사명령서에 시선을 고정시키고 있다.

그런데 시기와 질투의 빛이 역력하다.

같은 시각, 이들보다 먼저 출근하여 인사명령서를 확인한 여직원들은 화장실과 탕비실 등에서 수다를 떨고 있다.

"선미야! 너 인사명령 봤지?"

"네! 대리님."

"그게 말이 되냐? 일 년에 두 번이나 승진하는 게 말이 되냐고. 안 그래?"

"그게……."

선미라 불린 여사원이 뭐라 대답할지 난감하다는 표정을 지을 때 조인경의 입사동기인 남윤숙 대리가 말을 잇는다.

"일 년에 두 번 승진은 말도 안 되는 거야. 지가 뭐 이씨 집안 핏줄이야 뭐야? 아님, 이씨 집안 사람과 결혼이라도 해? 근데 왜 진급인 거야? 씨잉! 짜증 만빵이네."

남윤숙 대리는 조인경이 과장이 되고, 입사 후배이자 한 살 어린 김지윤이 두 계급 올라 차장이 될 때에도 배가 아파서 돌아가실 뻔했다.

조인경을 라이벌이라 생각하고 있었기에 며칠간 툴툴거려 여럿을 불편하게 했다.

학력도 딸리고, 미모와 몸매는 물론 더 딸리고, 업무능력도 확실한 차이가 있다. 게다가 늘 짜증내는 성품이다.

하여 남 대리가 속한 부서의 장이 매긴 인사고과는 C이다. 부서의 화합을 해치는 언행이 많았던 결과이다.

따라서 현재의 부서장이 다른 곳으로 가지 않는 한 과장 진급은 요원한 일이 되었다.

그런 남 대리가 치미를 화를 다스릴 수 있었던 건 자신도

조만간 과장으로 진급하리라고 착각했기 때문이었다.

그런데 조인경이 차장으로 승진했다.

이쯤 되면 영원히 따라잡을 수 없게 된 것이다. 하여 후배 사원이 앞에 있지만 대놓고 짜증을 낸 것이다.

다른 화장실에선 김지윤의 입사동기들이 지윤을 성토하고 있었다.

"거봐, 거봐! 내가 그랬지? 걔, 하인스 킴 전무하고 붙어먹은 거 확실해."

"나도 그렇게 생각해. 이젠 아예 대놓고 그러려고 전무 비서실로 간 걸 거야."

"그치? 근데 걔는 아프리카 흑인이랑 그러고 싶을까?"

"뭐, 생긴 게 윌 스미스나 젊은 시절의 덴젤 워싱턴쯤 되면 그럴 수도 있겠지."

"정말…? 넌 흑인도 괜찮은 거야?"

"아니! 말이 그렇다는 거지. 누가 흑인하고 그런대?"

"근데 왜 그런 말을 해? 너 설마……?"

"뭔 소리야? 지금 내가 그랬다고 생각하는 거야?"

"아니! 그건 아니고, 암튼 김지윤 그 계집애 참 얍삽해. 어떻게 흑인이랑 붙어먹어서 진급할 생각을 했을까?"

"그러게! 근데 하인스 킴 전무가 흑인인 거 확실해? 남아공엔 백인도 많잖아. 안 그래?"

"응, 흑인 맞아!"

너무도 단호한 대꾸에 상대는 고개를 끄덕이곤 화제를 바꾼다.

"근데 조 과장님도 그 전무라는 흑인한테 넘어간 거야?"

"그렇겠지, 그러니까 전무 비서실로 가지. 대표이사 비서실이 얼마나 짱짱한 덴지 몰라서 물어?"

"하긴… 그 좋은 자릴 놔두고 전무 비서실로 옮겨갔으니… 그나저나 징그럽지 않아?"

"뭐가?"

"흑인이랑 김지윤, 그리고 조인경 과장 말야. 설마, 셋이 같은 침대를 쓰는 건 아니겠지?"

"그럴 수도 있을 거야. 너 흑인한테 한번 간 여자는 다시는 돌아오지 않는다는 말 못 들어봤어?"

"응? 그게 무슨 소리야?"

"흑인과 한번 거시기를 경험한 여자들은……."

수다는 끝이 없었다. 삼천포로 빠졌던 화제는 수시로 김지윤과 조인경을 씹는 이야기로 바뀌곤 했다.

덕분에 천지건설 여자화장실은 아침부터 만원이다. 변기에 걸터앉은 채 귀 기울이는 사람들이 많아서이다.

지윤, 인경과 더불어 아침식사를 마친 현수는 이연서 회장, 그리고 신형섭 사장과 더불어 잠시 담소를 나누었다.

그러나 그 시간은 그리 길지 못했다.

아제르바이잔으로 출장 보냈던 해외영업부 최규찬 부장이 당도하여 아제르바이잔 정부가 추진하는 석유화학단지 건설에 관한 브리핑이 시작된 때문이다.

장소는 라다흐 지역으로 확정되었다고 한다.

이곳에 정유시설, 가스처리시설, 석유화학플랜트, 그리고 발전소 이렇게 4개 파트를 건설하기로 했다.

이 프로젝트는 2030년까지 완료를 목표로 하고 있다. 총공사비는 181억 6,200만 달러이다.

2014년엔 172억 달러였는데 차관을 얻지 못해 계속 연기되면서 물가상승률이 적용된 모양이다.

브리핑을 마친 최 부장이 질문을 받겠다는 말을 하려 할 때이다. 현수가 먼저 아제르바이잔 지도의 라다흐 지역을 손으로 짚으며 입을 연다.

"여긴 유화단지 입지로 적합하지 않습니다."

이어서 회장과 신형섭 사장, 그리고 브리핑을 하던 해외영업부 최규찬 부장의 시선이 현수에게 쏠린다.

"…왜지?"

아제르바이잔에서 라다흐 지역으로 결정했을 땐 여러 가지가 충분히 고려되었을 것이다.

그런데 너무 단정적이라 물은 말이다. 이연서 회장은 대답해보라는 표정으로 보고 있다.

"라다흐 지역은 지진 위험이 높습니다. 그러니 전에 제가 말씀드렸던 피르삿(Pirssat) 지역으로 변경해야 합니다."

피르삿은 수도 바쿠 남쪽 해안가에 위치한 곳이다.

"……!"

하인스 킴은 아제르바이잔어엔 능통하지만 한 번도 못 가봤다고 했다. 그런데 마치 지진 전문가처럼 단언하고 있다.

셋은 추가 설명을 해달라는 표정이다.

'도로시! 라다흐 지진자료 USB로 다운로드해.'

'넵! 보냈어요.'

도로시의 대답을 들은 현수는 가방 속의 노트북을 꺼내 부팅시키곤 USB를 끼웠다.

셋은 말없이 노트북 화면에 시선을 고정했다.

"여기 이게 라다흐 지역의 단층입니다. 이거 보이시죠? 이게 곧 이쪽으로 이동하면서 지진이 발생하게 될 겁니다. 근데 이 위에 유화단지가 있으면 어떻게 될까요?"

엄청난 폭발에 이은 화재가 발생하든지, 많은 양의 기름이 쏟아져 나오게 된다.

전자는 재난이고, 후자는 심각한 토양오염을 야기한다.

"자네, 이 자료는 어디에서 났는가?"

신형섭 사장의 물음이다.

"제가 따로 수집한 겁니다. 라다흐도 검토지역이었으니까요. 공사하다 손을 놓을 수는 없잖아요."

현수가 보여준 건 라다흐 지역의 지반조사 결과이다.

지반조사란 지반을 구성하는 지층 및 토층의 형성, 지하수의 상태, 각 지층 및 토층의 성상을 알아내어 그 안에 계획하는 구조물의 설계 및 공사계획에 필요한 자료를 제공하기 위해 하는 조사이다.

지반조사는 예비조사, 개략조사, 본조사, 보충조사, 시공관리조사 등의 여러 단계에 걸쳐 시행되어야 한다.

그런데 이 조사를 일임받은 공무원들과 조사업체가 결탁을 했다. 공무원들은 상당한 뇌물을 받고 하지도 않은 조사를 한 것처럼 꾸며주었다.

아제르바이잔 정부는 이런 것도 모르고 부실한 보고서를 바탕으로 입지를 결정한 것이다.

"고맙네. 정말 고마워."

"양복 두 벌, 안 해줘도 되네."

"헐! 진짜 대단하십니다."

신 사장, 이 회장, 그리고 최 부장의 반응이었다.

"최 부장님! 차관은 얼마나 요구하던가요?"

"공사비 총액의 50%가 가능하느냐고 물었습니다."

최 부장은 뭔가 송구스럽다는 표정이다.

차관 제공에 현수가 결정적 역할을 한다는 정도만 알지만 그래도 공사비의 50%는 너무하다 생각하기 때문이다.

*   *   *

"그럼 91억 3,100만 달러군요."

"가능하신가?"

신 사장의 근심스러운 표정을 읽은 현수는 짐짓 웃어 보였다.

"당연히 가능하죠!"

이연서 회장도 은근히 긴장하고 있었는지 현수의 입이 떨어지자 안도의 한숨을 내쉬며 등받이에 기댄다.

"자네만 믿겠네."

재벌 회사가 개인에게 기대겠다는 뜻이다.

"네. 그러셔도 됩니다."

더욱 안심시켜 주기 위한 발언이었다.

이때 이 회장의 수행비서가 다가왔다.

"회장님! 곧 이륙한다고 모두 탑승하시랍니다."

일행 모두 자리에서 일어났다. 그러고 보니 인원이 상당히 많다.

이연서 회장과 신형섭 사장, 그리고 이들의 수행비서만 여덟이다. 해외영업부에선 과장급 이상 전원 탑승이다.

견적실 직원들과 업무지원팀 인원도 상당히 많다. 이밖에도 많은 인원이 동원되었다.

신행정도시 건설공사의 계약은 확정적이다. 하여 가는 김에 현장설치를 위한 인원들까지 동행토록 한 것이다.

"전무님! 이 비행기 전세래요."

이륙하고 얼마 지나지 않았을 때 지윤이 한 말이다.

"전세?"

"네, 직항로가 없어서 회장님께서 전세 내라고 하셨대요."

출장 가는 임직원수는 188명이다.

인원이 많아서이기도 하지만 에이프릴 증후군 때문에 입출국이 엄히 제한되기 때문일 것이다.

하여 중간 기착지 없이 직항하는 전세비행기를 선택한 것이다. 물론 전원에 대한 건강검진 자료가 제출되었다.

비행기는 A380이었고, 현수는 1등석에 탑승했다. 1등석 좌석 수는 12개이다.

이연서 회장과 신형섭 사장의 비서실장과 수행비서, 그리고 자금부장, 해외영업부장이 자리를 차지했다.

현수의 양옆에는 김지윤과 조인경이 앉았다. 둘 다 1등석은 처음인지 몹시 신기해하는 눈치였다.

현수는 피식 웃고는 눈을 감았다.

이제부터 아제르바이잔 이후의 일을 구상해야 하기 때문이다. 그렇게 잠시의 시간이 흘렀다.

옆에서 소리가 나서 바라보니 김지윤이 잠들어 있었다.

나직이 코를 고는데 살짝 웃겼다. 천하절색에 가까운 미녀가 코를 골고 있으니 왜 웃기지 않겠는가!

오늘 새벽 지윤은 가까운 사우나엘 갔다.

회사로부터 받은 출장 계획을 보니 자신과 인경도 1등석에 앉는다. 곁에 있으면서 현수를 보좌하라는 의도일 것이다.

한번도 1등석에 타보지 않아 1등석의 좌석이 어떤지를 알지 못한다. 그래서 현수의 곁에 앉았는데 몸에서 냄새가 나면 안 된다는 생각에 샤워가 아닌 사우나를 택한 것이다.

건식사우나에서 충분히 땀을 뺐고, 꼼꼼하게 때도 밀었다. 연후엔 더 꼼꼼하게, 진짜 구석구석 닦아냈다.

수청[19] 들 것도 아니건만 이처럼 공들여 몸을 닦은 건 현수에게 조금의 불쾌함도 주지 않겠다는 의도이다.

이전의 지윤은 생리불순과 위장장애, 그리고 지긋지긋한 편두통이 있었다.

현재는 엘릭서 화이트에 유전자 교정이라는 특수효능이 추가된 E−GR을 복용해서 말끔하게 사라졌다.

이전의 지윤은 생리 때 냄새가 심한 편이었다. 하여 그날이 오면 남들보다 신경을 많이 써야 했다.

핸드백 속의 여성청결제와 향수를 늘 챙겨야 했던 것이다.

하필이면 어제, 지윤의 생리가 시작되었다.

E−GR 덕분에 냄새나지 않게 되었지만 불안한 마음이 들어 사우나로 갔던 것이다. 물론 탕에는 들어가지 않았다.

샤워기로 깨끗하게 씻었지만 혹시 몰라 불쾌한 냄새가 나

19) 수청(守廳) : 아녀자나 기생이 높은 벼슬아치에게 몸을 바쳐 시중을 들던 일. 또는 그 아녀자나 기생

지 않도록 만반의 준비를 갖췄다.

연후에 마이바흐를 몰고 Y—엔터 사옥으로 갔다. 현수가 그곳 숙소를 사용하는 때문이다.

출발 후 광홍창역 5번 출구 앞에서 잠시 정차했다. 구의역에서 지하철을 타고 온 조인경 과장을 태우기 위함이다.

그러고는 곧장 인천공항으로 왔다.

아침부터 땀을 뺐고, 이연서 회장이나 신형섭 사장, 그리고 최규찬 부장처럼 대하기 어려운 사람들과 함께 있었다.

그렇기에 이륙하고 얼마 지나지 않아 깜박 잠이 든 것이다. 천사 같은 모습이다.

시선을 돌려보니 조인경은 영화라도 보는지 헤드폰을 끼고 모니터에 시선을 주고 있었다.

콧날은 오똑하고, 속눈썹은 살짝 휘어져 올라갔다. 뭘 보는지 알 수는 없지만 육감적인 입술이 실룩거린다.

이륙한 지 꽤 지났는지라 안전벨트를 풀었다.

'도로시! 신일호와 신이호도 탑승했지?'

'네! 현재 광학스텔스모드라 눈에 보이지는 않지만 조종실과 화물칸에 탑승해 있어요.'

'조종실은 왜?'

'그냥요.'

말은 이렇게 했지만 혹시 있을지 모를 테러를 우려한 배치일 것이다. 만에 하나 조종사에게 문제가 생길 경우 그 즉시 비행기 제어권을 장악하기 위함이다.

스튜어드와 스튜어디스를 제외한 탑승객 전부가 천지건설 직원뿐이니 기내에서의 위험은 없다고 판단한 것이다.

우주에 떠 있는 인공위성에선 A380의 비행 항로 주변을 샅샅이 살피고 있다.

여객기를 중심으로 반경 1,000㎞ 범위이다.

이 범위 안의 모든 통신은 실시간으로 감청되고, 분석된다. 그리고 어디서든 여객기를 향한 미사일을 발사하려는 조짐이 보이면 그 즉시 광자포가 가동된다.

이렇게 될 경우 목표 지점 반경 5.6㎞는 완벽한 초토화가 된다. 약 3,000만 평이 작살나는 것이다.

미국의 GBU—28은 전폭기에서 공중투하한 뒤 레이저로 유도하여 목표물에 떨어뜨리는 벙커버스터이다.

2톤짜리 탄두는 지하 30.5m(콘크리트는 6m)까지 뚫고 들어가 터지도록 설계되어 있다.

광자포는 이보다 훨씬 강력하여 지하 100m 깊이의 흙과 바위를 단숨에 뒤집어 버린다.

지상의 건축물들은 모두 뭉개져 가루가 되니 당연히 아무도 살아남지 못한다. 개미와 바퀴벌레까지!

하나당 대략 100㎢ 정도를 뒤집어 버리니 면적이 605.3㎢인 서울시는 광자포 6발이면 끝이다.

1천만에 달하는 서울 시민 중 생존자는 하나도 없을 것이다. 광자포의 출력을 최하로 했을 때의 결과이다.

대행성무기인 광자포의 출력을 최대로 높이면 한 방에 한반도 전체가 뒤집어질 것이다.

이때는 10㎞ 깊이의 땅거죽이 뒤집어진다.

어쨌거나 미사일 기지가 초토화된 다음엔 신삼호와 신사호가 출격한다. 현수가 탄 항공기 격추명령을 내린 자를 추적하여 멱[20]을 따버리기 위함이다.

그들이 누군지는 도로시가 밝혀낼 것이다.

신삼호와 신사호는 발사명령을 내린 본인은 물론이고, 그 가족까지 몽땅 제거한다.

예전의 표현대로 한다면 3족을 멸(滅)하는 것이다. 참고로, 3족은 조족[21], 부족[22], 그리고 기족[23]이다.

현수가 전혀 피해를 입지 않았더라도 지엄하신 폐하를 시해하려 한 죄에 대한 대가이다.

만에 하나 현수가 부상을 당한다면 그 나라 수도는 광자포와 마나포에 의해 가루가 된다.

그럴 리야 없겠지만 현수가 숨을 거두게 되면 그 나라의 국민 전체가 압살된다.

뿐만 아니라 그 나라 국민 모두의 3족까지 멸한다.

---

20) 멱 : 목의 앞쪽
21) 조족(祖族) : 아버지와 아버지의 형제
22) 부족(父族) : 형제와 그 소생인 조카
23) 기족(己族) : 아들과 손자

전 세계 어디에 있던 끝까지 추적하여 모조리 제거하고서야 끝날 것이다. 나이와 성별 따위는 따지지도 않는 완전무결한 말살이 될 것이다.

비행기에 오르기 전 도로시는 몇 가지를 확인했다. 바로 위의 내용들이다.

본인 유고시 현수가 선택할 수 있는 항목 중에는 9족 말살도 있었고, 최고는 지구 파괴였다.

인류는 물론이고, 지구의 모든 생명체를 말살하는 것이다.

가장 약한 처벌이 뭐냐고 물었더니 국민 모두의 3족을 멸하는 것이라 하여 할 수 없이 그것을 선택했다.

현수는 편안히 앉아 있지만 우주에 떠있는 9개 위성의 YD—16 모두와 도로시, 그리고 신일호와 신이호 등은 현재 최고 경계태세이다.

현수가 마법과 내공을 쓸 수 없는 상황이라 격추된다면 큰 문제이기 때문이다. 마도시대의 대(代) 마법병기인 헤르시온(Hershion)[24] 이라도 있으면 그나마 안심이 된다.

적어도 폭발은 견딜 테니까!

비행기가 산산조각 나도 현수의 몸만은 멀쩡하면 추락 즉시 신일호나 신이호가 안고서 비행하면 된다.

---

24) 헤르시온 : 마도시대의 기술로 설계된 아티팩트. 평상시엔 허리띠 역할을 함. 유사시 전신을 감싸는 갑옷으로 변모함. 숨 쉴 구멍과 소리를 들을 작은 구멍 이외엔 모든 것이 막혀 있음. 용암 속에서도 얼마간 버틸 수 있음.

그런데 헤르시온이 없다. 아니, 있기는 하다!

현수의 아공간에는 개량된 헤르시온들이 충분히 있다.

권지현, 강연희, 이리냐, 테리나, 백설화를 데리고 저쪽 세상으로 차원이동할 때마다 안전을 위해 갖춰둔 것이다.

아울러 아르센 대륙과 콰트로 대륙, 그리고 마인트 대륙의 아내들 것도 있다. 그녀들을 지구로 데려올 때 사용했었다.

아들과 딸들의 것도 있다. 하여 본인 것을 포함하여 200벌의 헤르시온이 고이 보관되어 있다.

구형 헤르시온은 착용자가 마나를 불어넣어야 반응했지만 개량형은 마나가 없는 사람들도 사용가능하다. 그렇게 되도록 현수가 개량했기 때문이다.

어쨌거나 현재는 아공간을 열 수 없다. 그렇기에 있으면서도 사용하지 못하는 것이다.

그렇기에 듣기에도 살벌한 선택을 강요했던 것이다.

아무튼 이런 속내를 짐작하지 못하는 현수가 다시 눈을 감으려 할 때 조인경의 음성이 들린다.

"전무님! 음료수 가져다 드릴까요?"

"에고, 그런 건 스튜어디스들이 할 일……."

현수는 말을 끊었다. 스튜어디스가 다가왔기 때문이다. 그런데 어디서 많이 본 듯 낯이 익다. 탤런트 한효주를 닮았는데 가슴에 달린 명찰을 보니 성명이 이수정이다.

'이수정? 아……!'

아주 오래전 일본에서 히데요시의 황금을 몽땅 수거한 뒤 야스쿠니 신사와 황거를 붕괴시킨 후 귀국할 때 탔던 비행기에서 만났던 스튜어디스이다.

일곱 살 때 심하게 체했던 기억 때문에 비행기에 타면 아무 것도 먹지 못했다.

그럼에도 항공사를 그만두지 않은 건 비행기에서 평생을 함께할 인연을 만난다는 말을 들었던 때문이다.

그때 인연이 되어 두어 번 만났다.

이수정은 계속 현수에게 관심을 표했지만 이미 강연희에게 마음이 기울어 있던 때이다.

하여 프랑스로 가는 비행기 안에서 군대 후임이자 이연서 총괄회장의 손자인 이현우를 소개시켜 줬다.

둘은 알콩달콩한 연애를 하였고, 결국엔 부부의 인연을 맺어 행복한 삶을 살았다.

이수정의 동생이자 가수 겸 탤런트인 이수연은 백두그룹 창업자 조연호의 손자 조경빈과 연애를 했지만 결혼엔 성공하지 못했다. 가수이면서 탤런트로 활동했는데 작품에 전념하느라 연애를 포기한 결과이다. 아무튼 이렇게 또 우연히 만나는 걸 보면 인연은 인연인 모양이다.

Chapter 10

—

1등석에서

"손님! 혹시 몰라서 알려 드리는데 이 아래서랍에 음료수가 있습니다. 혹시 다른 것을 원하시나요?"

이수정이 서랍을 열어서 콜라와 생수 등을 보여준다.

"화장실은 이쪽, 샤워실은 이쪽이에요."

잠시 말을 끊고는 들고 온 메뉴판을 건넨다.

"커피나 와인, 맥주를 원하시면 언제든지 말씀해주세요."

이 비행기는 현재 전세 된 상태이다. 따라서 달라고만 하면 무제한으로 제공할 것이다.

"그러죠. 지금 혹시 원하시는 게 있으신지요?"

이수정은 생글생글 웃으며 현수와 시선을 마주친다. 몸에

밴 친절한 미소이다.

새파랗게 어려 보이는데 대체 어떤 신분이기에 1등석에 탔
는지 궁금해서 슬쩍 다가와 간을 보는 중이다.

곁에 아름다운 미녀들이 있지만 골키퍼 있다고 골 안 들어
가는 거 아니라는 걸 알기에 의도적으로 접근한 것이다.

"괜찮아요. 필요하면 이야기할게요."

"네! 손님, 손님은 혹시 원하시는 거 있으세요?"

이수정의 시선을 받은 조인경은 메뉴 중 하나를 손으로 짚
는다.

"이거 두 잔 주세요. 그리고 이것도요."

"네, 손님!"

이수정은 현수에게 그랬던 것처럼 친절한 미소를 지으며 물
러섰다. 뒤돌아선 그녀의 표정은 밝지 못하다.

조인경이 자신보다 훨씬 예쁘다는 걸 인정하지 않을 수 없
어서이다. 게다가 주문하는 느낌이 세련되었다.

1등석에 여러 번 탔던 손님인 듯싶다.

'쟤는 뭐지? 연인인가?'

또각거리는 발걸음으로 물러났던 이수정은 와인 두 잔과
치즈, 그리고 마카다미아(Macadamia)를 가지고 왔다.

"즐거운 시간 보내세요, 손님!"

"아! 고마워요."

"감사해요."

현수와 은경 앞에 와인 잔을 내려놓은 이수정은 힐끔 바라보고는 그대로 물러났다. 그간의 경험으로 미루어 짐작컨대 현수는 유혹할 수 없다는 느낌을 받은 것이다.

"대낮부터 술이네."

"그렇죠? 상당히 오래 타고 가야 한다고 하더라고요. 한잔 드시고 조금 쉬세요."

인경은 예쁜 미소를 지어 보이며 와인 잔을 슬쩍 치켜들었다. 마시자는 뜻이다.

챙―!

살짝 잔을 부딪치게 한 현수는 와인 한 모금을 들이켰다.

"흐음! 2010년산 엘더링 소비뇽 블랑이네요."

와인의 향만 맡아보고도 뭔지 아는 모양이다. 현수는 와인 병을 보아서 알지만 인경은 라벨이 보이지 않는 각도였다.

"헐! 그걸 어떻게 냄새만으로 알지? 엄청 예민한 건가? 아님 소믈리에(sommelier)교육이라도 받은 거야?"

"아뇨, 어제 마셔봐서 아는 거예요."

조인경은 여러 번 출장을 다녀왔다.

비교적 서민적인 신 사장인지라 사규엔 1등석을 이용하도록 되어 있지만 늘 비지니스석을 고집했다.

하지만 와인만큼은 서민적이지 않다.

비싸기로 이름난 1947년산 '샤토 슈발 블랑'이나 1907년 산 '하이드직' 같은 와인은 소장하지 못하지만 신의 물방울이란 일본 만화에 등장했던 '로마네 꽁띠'는 한 병 있다.

유럽에 출장을 갔다가 'DRC 로마네 꽁띠 1985년산'을 거금 11,000유로에 구입했다. 공항을 통과하면서 세금을 얼마나 냈는지는 이야기하지 않아 모른다.

신 사장은 이를 대표이사실 장식장 안에 신주단지처럼 모셔놓고 매일 침만 삼킨다. 늦둥이인 12살짜리 막내딸이 결혼하는 날 개봉한다니 10년 이상은 구경만 할 모양이다.

모시는 상사가 와인 애호가이니 인경도 여러 번 와인 맛을 보았다. 그러다 차츰 와인을 즐기게 되어 혼자 있을 때면 가끔 홀짝거리곤 했다.

병석에 있는 부친을 돌보느라 남자 친구를 사귈 마음의 여유조차 없는 빡빡한 삶을 사는 자신에게 주는 보상이다.

어제도 마찬가지이다.

아침 일찍 광흥창역까지 가려면 일찍 출발해야 하지만 출장 전야의 긴장을 풀 겸 와인 한 병을 땄다.

신 사장이 괜찮은 거라고 해서 구입한 것이다.

배운 대로 잔에 따르고, 흔들어 냄새를 맡고는, 한 모금 했다. 그러고는 그 향과 맛을 오래 기억하려 집중했다.

이 와인이 바로 2010년산 엘더링 소비뇽 블랑이다. 그렇기에 냄새만 맡고도 뭔지 알아맞힌 것이다.

"괜찮네."

"그렇죠? 저도 그렇게 생각해요."

인경이 환한 미소를 보여준다. 둘은 권커니 잣거니 하며 와인 반병을 비웠다.

"하아암!"

"졸린가 보네? 조금 자둬."

"하암! 아무래도 그래야겠어요."

인경은 마다하지 않고 담요를 덮고는 눈을 감았다. 주말 내내 아버지 수발을 드느라 힘들어서 수마가 엄습한 것이다.

조인경의 눈이 스르르 감긴다. 속눈썹이 바르르 떨리는 모습을 잠시 지켜보았다.

잠시 후, 이수정을 불러 커피 한 잔을 청했다. 이것을 마시곤 화장실로 들어가 양치를 했다.

다음엔 신형섭 사장에게로 갔다.

"아! 어서 오시게."

"네, 사장님! 드릴 말씀이 있어서요."

"그러신가? 여기 앉게."

신 사장은 바로 옆 좌석을 가리켰다.

"그래, 무슨 일이신가?"

"Y—그룹에서 발주할 공사에 관한 이야기에요."

현수는 품고 있던 생각을 이야기했다.

전원 내국인 노동자로만 공사해 달라는 말을 한 것이다.

"그럼 공사비가 많아지는데……."

의도는 좋지만 너무 큰 부담이 아니냐는 이야기였다.

"그건 괜찮습니다. 제가 부담하죠."

"……!"

신 사장은 대꾸하지 않았다. 건축주가 원하는 일이고, 비용까지 몽땅 부담하겠다는데 뭐라 말하겠는가!

이때 현수의 말이 이어진다.

"공사기간도 길고 하니 지금처럼 일용직으로 하지 마시고, 그분들을 계약직으로 전환해서 하면……."

일용직 근로자들은 고정적인 일자리를 갖게 되고, 천지건설에서는 안정적으로 건설근로자를 확보할 수 있으니 서로 윈—윈이 아니냐는 말이었다.

이렇게 할 경우 4대 보험과 퇴직금까지 부담해야 한다. 그래서인지 신 사장의 미간은 찌푸려진 채 펴지질 않았다.

마음 같아선 아예 정규직으로 채용하라는 말을 하고 싶었다. 하지만 그건 받아들이기 힘들 것이다.

일감이 계속 있어야 하고, 거주지에서 멀리 떨어진 현장으로 보낼 경우엔 숙박까지 책임져야 하는 때문이다.

아주 오래전의 천지건설에서 그렇게 하기도 했다.

그때는 직원 수가 100만 명이 넘었을 때이고, 건설현장이 세계 각국에 퍼져 있었으니 당연한 일이다.

지금은 겨우 Y—빌딩과 Y—파이낸스 건물 100동 외엔 이야기하지 않은 상태이다.

그렇기에 정규직을 권하지 않은 것이다.

신 사장은 잠시 생각에 잠겼다. 하지만 그 시간은 그리 길지 않았다.

"계약직 전환은 회장님과 상의해 볼 문제네."

"네! 그러세요. 참! 추가공사가 있을 거 같아요."

"공사를 또?"

"네! 고양덕은지구의 부동산을 매입해서 아파트와 공장을 지어보려고요."

"가만… 고양덕은지구라면 국방대가 있던 자리 인근?"

"네! 불경기가 심한 데다 부동산 가격이 폭락한 지금이 딱 좋을 거 같아서 소속 변호사에게 접촉을 지시했어요."

현수의 말처럼 이 시각 주효진 변호사는 현재 한국자산관리공사[25] 담당 주무관과 면담 중이다.

2013년 7월에 3,652억 원에 매입한 부동산을 1,500억 원에 넘기라고 하자 주무관은 자리를 박차고 일어선다.

"에이, 여보슈! 아무리 부동산 가격이 폭락했다지만 매입가의 41%에 달라는 건 너무한 거 아닙니까?"

"불경기와 입출국 금지, 그리고 수출입이 꽉 막혀서 부동산 가격은 내리면 내렸지 다시 오를 확률은 거의 없을 것 같군요. 아닌가요?"

---

25) 1) 한국자산관리공사(KAMCO) : 금융기관 부실채권 인수, 정리 및 기업 구조조정 업무, 금융소외자의 신용회복 지원업무, 국유재산관리 및 체납 조세정리 업무를 수행하기 위하여 1962년에 설립된 대한민국 금융위원회 산하 기금관리형 준정부기관

"그건······!"

주무관은 대꾸하지 못했다. 주 변호사의 지적이 오늘 아침 신문기사의 내용과 거의 같았기 때문이다.

신문에선 부동산 불패를 떠들며 시간이 지나면 다시 오를 것이라는 전망을 내놓았다.

현재, 강남구, 송파구, 서초구, 그리고 분당의 거의 모든 부동산이 라돈 때문에 매물로 나와 있다.

가격은 6분의 1 정도로 엄청나게 하락된 상태이다.

이곳에 거주하던 이들이 어디로 가겠는가!

따라서 조만간 강남 3구와 분당을 제외한 부동산 가격의 폭등이 우려된다는 내용을 담고 있었다.

이 기사엔 문제가 있다.

강남 3구의 부동산이 누군가에게 매각되어야 한다는 전제가 빠져 있는 것이다.

그런데 강남 3구의 부동산은 매물만 있지 매수가 없다.

아무리 잘 지은 집이라도 들어가서 살면 폐암 등에 걸려서 죽을 곳을 누가 사겠는가!

대신 라돈 측정기만 불티나게 팔리고 있다. 매일매일 측정치가 공개되는데 라돈 농도는 조금도 줄지 않고 있다.

오히려 조금씩 늘어나는 추세이다.

<u>음이온 효과를</u> 내기 위해 모나자이트[26] 를 사용해서 라돈

26) 모나자이트(monazite) : 희토류 원소를 포함하는 인산염 광물, 자연 방사능을 방출한다.

을 발생시키는 매트리스를 사용하거나, 화강석 바닥재를 깔아두었는데 창문은 모두 닫아두었다.

참고로, 모나자이트는 한 업체가 독점 수입했고, 이를 66개 업체에 납품했다.

그 결과 전기매트용 부직포, 건강 팔찌, 건강 목걸이, 모발 건조기, 세라믹방석, 뜸질기, 페인트, 미끄럼 방지용 돌기가 있는 양말, 타일, 전구소켓 같은 일상생활용품도 만들어졌다.

물론 모든 제품들에 다 모나자이트가 든 건 아니다.

아무튼 모나자이트가 함유된 일상 생활용품들이 라돈을 뿜어내는 상황인데 창문을 닫아놓았으니 라돈 농도가 조금이라도 오를 수밖에 없는 것이다.

주무관의 반응을 본 주 변호사는 다시 말을 이었다.

"제가 짐작컨대 고양덕은지구 도시개발사업도 뒤로 한참 밀릴 것 같습니다만……."

원래의 목적은 이곳에 서울 서부권 배후 주거지 기능과 더불어 미디어 관련 복합타운을 개발하는 것이다.

현 대통령이 부르짖는 미디어 관련 창조산업이 활성화되는 것을 기대하는 것이다.

하여 고양시 개발제한구역 조정에 의한 '수도권 광역도시계획 지역현안사업'으로 확정되었다.

고양시는 자족(自足)기능을 확보하고, 인근의 국방대학교 이전으로 인한 난개발을 막을 목적이다.

이를 이루기 위해 환경영향 평가법에 의거한 평가를 실시했고, 환경부와 협의까지 완료된 상태이다.

그런데 건설사들의 입질이 딱 끊겼다.

지독한 불경기, 내수경기 침체만으로도 힘든 판인데 수출입이 딱 끊겼고, 주가는 폭락해버렸다.

이런 상황에 은닉해 두었던 해외비자금은 몽땅 사라졌다.

그러던 어느 날, 폭락한 주식을 쓸어 담은 외국인 투자자들이 변호사를 보내 고양덕은지구에 관한 관심을 끊으라는 요구를 했다.

총 주식의 85% 이상을 가진 주주들의 명령이니 따르지 않을 수 없다. 안 그러면 본인의 자리가 위태롭기 때문이다.

이러한 사실은 주무관도 알고 있다.

고양덕은지구 사업시행자인 한국토지주택공사 인천지역본부 고양사업단 중진으로부터 전해 들은 말이 있기 때문이다.

경기가 너무 안 좋아서 개발사업이 10년 이상 미뤄질 수도 있다는 것이 그 내용이다.

"……!"

캠코 주무관은 입을 꾹 다물었다. 주 변호사의 말에 반박할 수 없었던 때문이다.

"캠코에서 대상 부지를 매각하신다면 현금 일시불로 계약과 동시에 지불할 겁니다."

"네? 1,500억 원을 일시불로 지불한다는 겁니까?"

주무관은 놀란 표정이다.

*   *   *

"그렇습니다. 저희는 고양덕은지구 64만 6,160㎡ 전부도 매입할 겁니다. 그것도 현금 일시불로……!"

"그, 그래서 무엇을 하려는 거죠?"

고양덕은지구 64만 6,160㎡와 국방대 부지 29만 6,507㎡을 합치면 94만 2,667㎡, 28만 5,155평이나 된다.

결코 작지 않은 면적이다.

"거기엔 대일무역 적자의 주범인 200여 가지 소재와 각종 부품을 생산하는 공장을 지을 겁니다. 아울러 근로자들의 숙소도 지어야겠죠."

"네? 대일무역 적자의 주범이요?"

웬 뜬금없는 소리인가 하는 표정이다.

"주무관님은 혹시 작년의 대일무역 적자 금액과 어떤 품목 때문에 그랬는지 아십니까?"

"네? 아뇨! 그건 잘……"

준공무원으로서 겸연쩍은 모양인지 말끝을 흐린다.

"반도체제조용 장비 수입금액은 53억 8,000만 달러고요. 평판디스플레이제조용 장비는 18억 3,000만 달러였어요."

"……!"

"이밖에 1,000여 종의 소재와 부품, 기계류를 일본으로부터 수입해야만 했습니다."

"왜죠?"

"국내에서 생산하지 못하는 것이거나 단가 때문에 생산하지 않는 것이니까요."

"……!"

주무관은 말이 없었다. 그러거나 말거나 주 변호사의 설명을 이어진다.

"2014년엔 215억 8,500만 달러가 적자였고, 작년엔 202억 7,700만 달러가 적자였어요. 우리 돈으로 23조 8,400억 원 이상이었지요."

"헐~!"

주무관은 입을 딱 벌린다. 금액이 너무 큰 때문이다.

"올해도 200억 달러는 넘을 것 같네요."

"그, 그렇습니까?"

주무관은 마치 자신이 잘못한 일인 양 당황한 표정이다.

"네! 그래서 고양덕은지구에 공장과 숙소를 지어 200여 가지 품목을 생산하려 합니다."

"……!"

주무관은 멍한 표정이다.

"나머지 800여 종은 다른 곳에 공장과 숙소를 지어 생산해 보려고 하고요."

"일, 일본과의 무역에서 적자의 원인이 되는 1,000여 종 전부를 만드시려고요?"

주무관은 당황한 듯 말까지 더듬는다. 생각해 보지도 않았던 이야길 들었기 때문일 것이다.

"네! 그러니 협조해주십시오."

"그건……."

주무관은 말을 잇지 못하였다.

한국인치고 일본을 좋아하는 이는 그리 많지 않다. 있다면 정치권 및 사회지도층 인사에 편중되어 있을 것이다.

대한민국 축구 대표팀은 다른 나라에는 다 져도 그리 큰 욕을 먹지 않는다.

피파 랭킹도 낮고, 공은 둥글기 때문이다.

하지만 일본과의 경기에서 패할 경우엔 심한 욕을 먹을 뿐만 아니라 감독을 교체해야 한다. 일본과의 경기는 가위바위보도 지면 안 된다는 것이 국민 정서인 때문이다.

어쨌거나 들어보니 국익에 큰 도움이 될 일인지라 마음 같아선 거저 가져가서라도 꼭 그렇게 해달라고 하고 싶은 심정이다. 하지만 주무관에겐 매각을 결정할 권한이 없다.

그렇기에 장담의 말을 할 수 없었던 것이다.

"안 된다 하시면 몽땅 군산에서 해도 됩니다."

"군산이요?"

"네! 저희는 군산에 600만 평 정도를 매입할 계획을 가지고 있습니다. 고양덕은지구 매입이 안 되면 몽땅 거기서……"

주 변호사의 말은 중간에 잘렸다.

"저희가 확보한 부지를 매각하면 여기서 하고요?"

"네! 첨단소재의 수요는 수도권에 많으니까요. 삼성반도체
는 수원에 있고, SK하이닉스는 이천에 있잖아요."

"아! 그렇죠."

주무관이 고개를 끄덕일 때 주 변호사의 말이 이어진다.

"고양덕은지구에 첨단소재 공단이 들어설 수 있도록 잘 부
탁드립니다. 가능하겠죠?"

주 변호사의 시선을 받은 주무관은 잠시 생각하는 듯하더
니 크게 고개를 끄덕인다.

"…시간을 주십시오. 내부적으로 의논해 보겠습니다."

말은 이렇게 했지만 강력하게 밀어붙여 볼 심산이다. 결정
권은 없지만 실무 담당이니 위에서도 귀를 기울일 것이다.

"그러시죠. 다만 그 시간이 너무 길어지지 않도록 도와주
십시오."

"알겠습니다. 제안서를 주시면 조금 더 빨라질 수……"

"아! 제안서는 여기 있습니다."

주효진 변호사는 가방에 담겨 있던 것을 건넸다. 향후 계획
이 기록된 것으로 도로시가 작성한 것이다.

이것은 100% 사실이 기록된 것은 아니다.

방금 주 변호사가 말한 것처럼 공장을 짓고, 그 공장에서

일할 근로자들의 숙소를 짓는 정도로만 명기되어 있다.

대신 생산할 품목은 아주 자세하다. 조금 전에 말했던 반도체제조용 장비 같은 것이 포함되어 있다.

한국토지주택공사가 나머지 사업부지를 넘길 때 비싼 값을 부르지 못하게 하기 위함이다.

공장이 Main이고, 숙소가 Sub인 것과 아파트가 주(主)이고, 공장이 부(附)인 것은 현격한 차이가 있는 때문이다.

"아! 네에."

주무관은 건네받은 제안서를 넘겨본다.

첫 페이지에는 연도별 대일무역적자 금액과 품목이 일목요연하게 명기되어 있다.

1965년부터 한일국교 정상화 이래 2016년 8월 31까지의 적자가 모두 표기되어 있다.

1년도 빼지 않고 매년 막대한 적자가 기록되어 있다.

이걸 보는 순간 괜스레 부아가 치미는 듯 얼굴이 뻘게진다. 현재의 가치로 매년 20조 원 이상 적자였던 것이다.

페이지를 넘겨보니 이를 해소할 방법이 제시되어 있다.

첫 번째 제시안은 '수입선 다변화'이다. 다시 말해 일본이 아닌 다른 나라로부터 물품을 수입하는 것이다.

다음 페이지엔 일본에서 공급받고 있는 첨단소재나 부품, 기계류 등을 수입할 수 있는 다른 나라 회사들과 납품단가가 표시되어 있다.

그런데 일본제와 비슷한 가격이거나 조금 더 비싸다.

품질은 알 수 없지만 운송거리와 시간까지 감안하면 일본제 구입이 당연한 일이다.

페이지를 넘겨보니 대일무역적자를 줄이거나 해소할 수 있는 두 번째 방법이 제시되어 있다.

'국내에서 직접 생산' 하는 것이다.

문제는 특허권과 기술력, 그리고 생산단가이다.

특허로 묶여 있거나 기술 부족, 그리고 국내에서 필요로 하는 양만 생산할 경우 납품단가가 올라가는 것이다.

이를 해결하기 위한 방안으로 기술연구소 설립과 전문적 기술을 가진 업체들의 연합이 기술되어 있다.

일본에서 공급받는 것과 같거나 더 나은 것을 만드는 기술은 돈과 인재, 그리고 시간만 있으면 해소될 것이다.

하지만 전문기술을 가진 업체들의 연합은 자발적이지 않는 한 이루어지기 어려운 난제라 기술되어 있었다.

맞는 말이다. 서로에게 이득이 되지 않는 한 결코 이루어지지 않을 것이다.

주무관은 고개를 끄덕이며 페이지를 또 넘겼다.

군산에 자리 잡게 될 Y-R&D센터에 대한 기술이 있다.

참고로, Research는 기초연구와 그것을 응용화 하는 연구이고, Development는 이러한 연구 성과를 기초로 제품화까지 진행하는 개발업무이다.

Y—R&D센터는 놀이동산과 워터파크, 그리고 서바이벌 파크가 들어서는 Y—랜드 서쪽에 조성될 예정이다.

이곳의 건립 목적은 일본으로부터 수입하는 품목의 100%를 국산화하는 것이다.

1,000종이 넘는 첨단소재와 부품, 그리고 각종 기계류에 대한 연구와 개발을 하겠다는 것이다.

국가기관도 아닌 것 같은데 참으로 애국적이다.

다음 페이지엔 대략의 규모가 기술되어 있다.

5만평 정도 되는 부지에 센터를 건립하고, 국내 및 해외의 우수인재들을 스카우트하겠다는 내용이다.

거기엔 영업 대상들의 프로필이 있었다. 최종학력과 현재의 위치, 연봉 등을 조사한 내용이다.

한국은 '두뇌유출 18위'인 국가이다.

스위스 국제경영개발원(IMD)이 61개국을 대상으로 조사한 세계인재보고서에서의 순위이다.

해외로 나간 젊은 과학자 중 상당수는 한국으로 되돌아오는 것을 거부하고 있다.

2013년 과학기술지표에 따르면 미국에서 박사학위를 받은 한국인 과학자 중 60%는 그곳에 남겠다는 의사를 밝혔다.

현지에서 교수 자리를 제안하거나, 다국적 회사나 거대 연구소 등에선 좋은 조건을 제시하기 때문이다.

게다가 획일적이고, 개성을 존중하지 않는 한국의 연구 풍토는 젊은 인재들에겐 맞지 않는다.

여기에 자녀교육, 노후 등 삶의 질과 연관된 부분들이 작용하니 돌아오지 않으려는 것이다.

Y─R&D센터에선 이런 우수 인재들을 적극적으로 스카우트하겠다는 뜻을 명확히 했다.

자유로운 연구풍토와 연구비 지원, 그리고 높은 연봉과 쾌적한 주거지를 제공할 계획이라고 한다. 아울러 Y─아카데미의 교수직 제안이 추가되어 있다.

주무관은 고개를 끄덕이며 다시 페이지를 넘겼다.

투입될 자금의 규모이다.

이걸 보는 순간 주무관의 눈알이 튀어나올 듯 커진다.

1차 100억 달러, 2차 100억 달러, 3차 100억 달러!

전체 규모는 300억 달러, 35조 2,725억 원이다.

어찌 놀라지 않겠는가!

다음 페이지를 넘겨보니 자금 공급계획이 있다.

JP 모건체이스, Bank of America, 웰스 파고, 시티뱅크, HSBC 이렇게 5개 은행에 각각 80억 달러씩 예치되어 있다는 잔고증명 사본이 보인다.

상기 5개 은행은 The Banker誌가 선정한 세계 10대 은행 중 일본과 지나의 그것을 제외한 것들이다.

참고로, The Banker지는 1926년부터 영국의 '파이낸셜 타임즈'가 발행하였으며, 전 세계 180개국 금융기관에서 구독

하는 세계적 권위의 금융전문지이다.

아무튼 잔고증명이 사실이라면 1~3차 투입금까지 모두 밀어 넣고도 100억 달러가 남는다.

예금주를 살펴보니 Heins Kim으로 되어 있다. 들어본 적이 없는 성명이다.

하여 고개를 갸웃거릴 때 주 변호사가 태블릿 PC의 화면을 보여준다. 뉴욕 타임스의 기사를 번역한 것이다.

― 전무후무할 투자의 신(神), 출현하다!!!
― 불과 반 년 만에 5만 배가 넘는 수익을 실현한 하인스 킴은 누구인가?

굵은 제목 아래 깨알 같은 기사가 붙어 있다. 시력을 돋워 내용을 살펴보니 다음과 같다.

2016년 4월, 뉴욕증시에 처음 등장한 하인스 킴은 1,000만 달러를 투자하여 하루만에 223만 달러를 벌어들였다.

1일 수익률 22.3%! 참으로 놀라운 수익률이다.

그런데 이것으로 끝이 아니었다.

다음 날 아침, 개장하자마자 사들인 주식은 점심때 팔았고, 그 직후에 사들인 주식은 마감 직전에 팔아 455만 달러를 더 거머쥐었다. 1일 수익률이 무려 37.2%였다.

이튿날, 하인스 킴의 수익률은 44.8%이었다.

이날 이후 현재에 이르기까지 하인스 킴은 단 한 번도 손해를 보지 않는 기적적인 투자를 선보였다.

어느 날엔 1일 수익률 2,855%를 기록하기도 했다. 투자금액의 28.55배를 하루 만에 벌어들인 것이다.

하인스 킴의 현재 자산은 509억 달러가 넘는 것으로 파악된다. 애초의 투자금액 대비 수익률로 따지면 무려 5만 900배에 달한다.

이에 미국의 모든 투자회사들이 눈에 불을 켜고 하인스 킴을 찾았다. 스카우트가 목적이었을 것이다.

하지만 아무도 그를 만날 수는 없었다. 모든 거래를 온라인에서만 했기 때문이다.

어디에 사는, 누구인지, 나이는 몇 살이며, 성별은 어떤지를 전혀 알 수 없는 상황이니 만나고 싶어도 만날 수 없었던 것이다.

이에 본지(本誌)는 심층취재팀을 가동하여 투자원금부터 추적해보았다.

얼마 후, 투자원금이 된 1,000만 달러가 '아일랜드 데프 잼 레코딩스'에서 흘러나왔음이 확인되었다.

이 회사는 머리이어 캐리, 본 조비, 리한나, 저스틴 비버, 저메인 듀프리 등이 소속된 거대 음반회사이다.

이 회사 관계자를 만나 어떤 명목으로 송금된 것인지 알아보니 빌보드 차트 1위와 2위에 마크되어 있던 To Jenny와 First Meeting에 대한 저작권료 중 일부였다.

다들 알다시피 현재 한국의 걸 그룹 다이안이 이 노래들로 빌보드차트 1~2위를 마크하고 있다.

아무튼 기적의 수익률을 올린 장본인은 위의 두 곡을 작사, 작곡한 하인스 킴이다.

하인스 킴은 남아프리카공화국 국적이며, 프리토리아 의과대학을 졸업한 의사이다.

프리토리아 대학병원에서 1년의 인턴 생활을 마친 하인스 킴은 현재 한국에 머무는 것으로 추정된다.

세계 각국의 은행과 연기금 및 투자회사들의 스카우터들은 하인스 킴을 모시기 위해 한국으로 가고 싶을 것이다.

하지만 참아야 한다.

에이프릴 증후군 때문이다. 한국은 현재… 따라서 하인스 킴을 만나려면…《하략》

Chapter 11

—

하인스 킴은 누구인가?

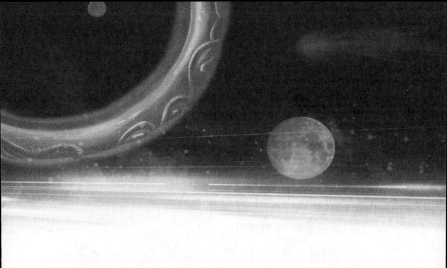

　뉴욕 타임스는 대놓고 현수의 뒷조사를 벌였다. 그리고 그 걸 만천하에 공개했다.

　아무리 투자회사 등의 압력이 심했어도 하지 말았어야 할 짓이다. 미국에도 기레기는 있는 모양이다.

　어쨌거나 현수의 신상 중 일부가 공개되었다. 딱 도로시가 보여주고 싶은 만큼만 보여준 것이다.

　이제 하인스 킴은 세계 어느 나라를 가든 귀빈대접을 받을 것이다.

　현금 자산이 509억 달러인 인물은 아무도 없기 때문이다.

　어쨌거나 기사 전문을 찬찬히 읽어본 주무관은 놀라지 않을 수 없었다.

117억 5,750만 원이 불과 반년도 안 되는 사이에 59조 8,456억 7,500만 원으로 불어났다고 한다.

참고로, 1조는 1억짜리 수표 1만 장이 있어야 할 금액이다. 100장씩 100묶음이니 한 묶음의 높이가 1㎝라면 1억짜리 수표가 1m 높이로 있어야 할 금액이다.

그런데 그것의 약 60배란다.

1억 원짜리 수표를 60m 높이로 쌓아야 한다는 뜻이다.

5만 원짜리 지폐라면 12만m, 다시 말해 120㎞ 높이로 쌓아야 한다. 1만 원짜리는 무려 600㎞이다.

서울에서 제주도까지의 거리가 500㎞도 되지 않음을 떠올려보면 상상이 될 것이다.

아무튼 300억 달러를 투자하여 대일무역 적자문제를 근원적으로 해결하겠다고 변호사를 보낸 것이다.

"이, 이거 웹 주소 좀 알려주십시오."

이게 있으면 상사들을 설득하기 쉽다는 생각을 한 것이다. 주 변호사 입장에선 어려운 일이 아니다.

"그러시죠. 이메일 주소가 어떻게 되시죠?"

주 변호사는 뉴욕 타임스 기사 원문이 있는 주소와 이를 한국어로 번역한 내용이 있는 주소 모두를 보냈다.

"모쪼록 좋은 결과를 통보받을 수 있으면 좋겠네요."

"아! 그, 그럼요. 제가 최선을 다해보겠습니다."

주무관은 국뽕 주사라도 맞은 듯 얼굴이 뻘겋게 상기되어 있었다.

"네, 그럼 주무관님만 믿겠습니다."

주 변호사가 자리에서 일어서자 주무관 또한 따라서 일어선다. 그러고는 손을 먼저 내민다.

굳은 결의의 악수라도 하자는 뜻일 것이다.

캠코를 나선 주 변호사는 한국토지주택공사 인천지역본부 고양사업단의 관계자를 만나기 위해 출발했다.

지지부진한 고양덕은지구의 부지를 모두 넘기라는 제안을 하기 위함이다.

현재의 지가는 약 3,268억 8,600억 원 정도이다. 상부에선 6,000억 원까지 감수할 용의가 있다는 의사를 표시했다.

주 변호사는 굳이 그럴 이유가 없다고 판단했다.

개인들의 부동산을 매입하는 것이 아니라 한국토지주택공사가 일괄 수용한 것이기 때문이다.

주 변호사가 마지노선으로 정한 금액은 4,500억 원이다. 현재 가치의 보다 37.66% 높은 금액이다.

이곳에서의 일이 끝나고 나면 기획재정부와 한국은행 등을 순례할 예정이다.

에이프릴 증후군으로 인해 외환위기에 처한 한국을 구할 구원투수 역할을 대행하기 위함이다.

무사히 아제르바이잔 수도 바쿠에 위치한 헤이다르 알리예프 국제공항에 도착하였다. 착륙 직후 일행은 검진센터부터 경유해야 했다. 에이프릴 증후군 때문이다.

밖으로 나와 보니 여름의 작별을 고하는 비가 쏟아지고 있었다. 일행은 멍하니 창밖을 바라보고 있다. 출장가면서 우산까지 챙기는 사람이 얼마나 있겠는가!

밖으로 나가면 금방 속옷까지 몽땅 젖을 정도로 세찬 비가 내리고 있다. 시간당 50㎜가 넘을 폭우이다.

이연서 회장과 신형섭 사장도 창밖에 시선을 주고 있다.

공항 밖으로 나갈 엄두가 나지 않을 정도로 세찬 비가 대각선 방향으로 쏟아지는 중이다.

"여긴 날씨가 늘 이런가?"

"대체적으로 온화한 날씨라고 했는데 비가 엄청 오네요."

둘이 이런 대화를 나눌 때 검은 양복 차림의 비서가 온다.

"회장님! 라운지로 가시죠. 1층 면세점 옆에 있답니다."

이 회장은 고개를 끄덕였다.

"그래야겠구먼."

이연서 회장을 필두로 라운지로 향했다.

Baku Club이라는 국제공항 라운지는 규모가 작아서 천지건설 임직원 모두를 수용할 수 없다. 하여 최규찬 해외영업부장을 비롯한 직원들은 알아서 흩어졌다.

신형섭 사장과 한 자리에 있는 것도 부담스러운데 이연서 총괄회장이 있으니 다행이라는 표정들이다.

현수는 지윤과 인경을 데리고 들어갈 수밖에 없었다. 고위 임원인지라 다른 곳으로 샐 수 없었던 때문이다.

"둘은 면세점 구경해도 되는데."

"아니에요. 전무님 계시는데 저희가 어찌……."

"맞아요! 면세점은 나중에 들러도 되요."

지윤과 인경은 무슨 망발이냐는 표정이다.

양쪽에 절세미녀 비서 둘을 끼고 앉으면 틀림없이 한마디 들을 것 같아 신 사장이 앉은 소파로 향했다.

"이런 날씨라는 걸 알았다면 우산을 준비시켰을 것이네."

뭔가 미안해하는 표정이다. 이에 현수는 고개를 저었다.

"예보에 없던 비라고 하네요."

현수는 텔레비전에 시선을 주고 있다.

기상캐스터인지 아나운서인지 알 수 없는 여인이 나와 열심히 떠들고 있다. 예보에 없던 갑작스러운 폭우로 인한 피해를 입지 않도록 철저히 대비하라는 내용이다.

바쿠의 대중교통 수단인 지하철이 파업 중이라 운행되지 않고 있음을 보도하는 걸 보면 아나운서인 듯싶다.

화면이 바뀌면서 시내 교통상황을 이야기하는데 갑작스러운 폭우로 멈춰 버린 차들 때문에 꽉 막혀 있으니 어떤 지역은 걷는 게 빠를 수도 있다고 한다.

현수는 보도 내용을 동시통역 수준으로 이야기했다. 아나운서의 말이 굉장히 빠른데도 듣는 순간 번역이 된다.

화면이 바뀌면서 다른 나라 뉴스로 넘어가자 이연서 회장이 현수에게 시선을 준다.

"김 전무! 내게 아주 괜찮은 손녀가 있네."

"혹시… 이수린 과장을 말씀하시는 건지요?"

천지건설의 임원직을 수락하는 순간 그룹 정보실 직원이 다가와 하나의 파일을 건넸다. 반드시 알아야 할 이연서 회장의 직계 및 방계의 인적사항이 기록된 것이다.

누구와 누구의 자식인지, 모계는 어떤지에 대한 정보이다.

이중 익숙한 이름을 발견할 수 있었다. 이전 삶의 군대 후임인 이현우와 그의 사촌인 이수린이다.

현우와 수린 모두 이 회장의 직계이다.

이전 삶은 되짚어보니 이현우는 차차기 천지그룹 회장이 되어 그룹의 규모를 100배나 뻥튀기하는 일등 공신이다.

물론 현수의 이실리프 왕국 덕분이다.

이수린은 천지백화점의 경영을 맡게 되는데 현수 덕에 이실리프 왕국에 진출하는 개가를 올리게 된다.

이현우는 재벌가의 병폐 중 하나인 정략혼을 거부하고 스튜어디스 출신 이수정과 결혼하여 7남을 낳는 애국을 하였다. 이수린도 평범한 사내와 혼인하여 4남 3녀를 남겼다.

"오…! 우리 수린이를 아는가?"

이 회장의 눈이 대번에 커진다. 혹시 현수가 손녀에게 관심이 있나 싶어서일 것이다.

"그룹 정보실에서 사진을 보여줘서 봤습니다."

"오~! 그래? 사진보단 실물이 나은 아이네. 귀국하면 한번 만나보겠나?"

현수는 고개를 저었다.

"에고, 아닙니다. 저는 따로 좋아하는 사람이 있습니다."

"그래? 뭐, 그럼 할 수 없지. 쩝~!"

남녀의 만남은 인력으로 어쩔 수 없음을 알기에 이 회장은 아쉽다는 표정이다.

"근데 누군가?"

"예?"

"자네가 좋아한다는 사람 말이네."

"아! 그건……."

현수는 말꼬리를 흐렸고, 이연서 회장은 더 묻지 않았다. 프라이버시 침해라는 걸 인식한 모양이다.

이때 라운지로 들어서는 사내가 있었다.

아제르바이잔 건설부 장관 샤빈 무스타파예프의 비서관 알렉세이 후세이노프이다.

두리번거리다가 현수와 시선이 마주치자 얼른 다가선다.

"안녕하십니까? 건설부 장관님의 비서 알렉세이 후세이노프입니다."

"네! 반갑습니다. 하인스 킴입니다."

유창한 아제르바이잔어에 놀란 듯한 표정을 짓는다. 동양인이 이러기 쉽지 않다는 걸 알기 때문일 것이다.

"도착하셨는데 영접해드리지 못해서 죄송합니다."

"에고, 아닙니다. 저희가 일찍 당도한 건데요."

방문하겠다는 날보다 하루 일찍 도착했다. 따라서 아제르바이잔에서는 전혀 예상치 못했을 것이다.

신행정도시가 들어설 다바치주와 하츠마스주에 걸쳐 있는 샤브란 평원을 둘러볼 계획으로 일찍 온 것이다.

하지만 이처럼 비가 억수처럼 쏟아지고 있으니 가봤자 제대로 된 답사는 어려울 듯싶다.

"도착했다는 전갈을 받고 장관님께서 급히 오시려고 했는데 갑자기 급한 일이 발생해서 제가 대신……."

알렉세이 후세이노프는 말을 맺지 못하였다. 텔레비전에 속보가 뜬 때문이다.

아제르바이젠의 대통령인 일함 알리예프가 과로로 쓰러져 급히 병원으로 옮겨졌다는 내용이다.

기억을 더듬어보니 일함 알리예프 대통령은 1961년생이고, 2기 고혈압과 고지혈증이 있었다.

2기 고혈압은 '중등도 이상 고혈압'이라고도 하는데 수축기혈압 160mmHg 이상, 확장기 혈압 100mmHg 이상인 경우이다. 고혈압의 마지막 단계이다.

고지혈증은 혈액 내에 존재하는 지방성분이 필요 이상으로 높은 것이다. 중성지질이 혈관벽에 쌓이고, 염증을 일으키게 되면 심혈관계질환으로 발전할 수 있다.

대통령이 입원한 병원 로비에는 대통령 주치의가 현재의 상태를 이야기하고 있다.

대통령은 고지혈증으로 인한 죽상경화증(Atherosclerosis)이 발생된 뇌혈관을 혈전(Thrombus)[27] 이 틀어막아 쓰러진 것이며, 현재는 혈전용해제를 투입하였다고 한다.

상태가 진정되면 수술해야 한다는 내용이다.

주치의 뒤에서는 일함 알리예프 대통령의 수석보좌관 라미즈 메디에프(Ramiz Mehdiyev)가 누군가에게 뭔가를 지시하고 있다.

이밖에 각부 장관 및 차관 등이 그야말로 구름처럼 모여 있다. 최악의 경우 대통령 유고상황이 빚어질 수 있기에 모여든 것이다.

일함 알리예프 대통령은 부친의 뒤를 이어 2003년부터 현재에 이르기까지 아제르바이잔을 이끄는 동력의 중추이다.

긴급뉴스 화면을 보던 현수가 도로시를 호출했다.

'도로시! 대통령 의료기록 확인해 봤어?'

'네! MRI 자료 확인했어요. 뉴스에 나오는 대로 혈전이 뇌

---

27) 혈전(血栓) : 혈관 속에서 피가 굳어진 덩어리

혈관을 막아서 뇌경색이 왔어요. 뇌혈관 중재시술이 적합한데 경험 있는 의사가 없어서 허둥지둥하는 중이에요.'

뇌혈관 중재시술이란 긴 관을 통해서 좁아진 혈관에 접근하여 치료하는 것이다.

뇌혈관을 막고 있는 혈전을 직접 끄집어내거나, 좁아진 뇌혈관에 스텐트라는 그물망으로 넓혀주는 것이다.

이 시술은 급성기 뇌경색 환자에게 시행할 수 있는데 큰 뇌혈관이 막혀 있지만 아직 뇌경색이 크지 않아서 시술을 통해서 살릴 수 있는 뇌세포가 많이 남아 있다고 판단될 때 여러 가지 여건을 고려하여 실시하는 것이다.

혈전을 제거하거나, 혈관을 확장시키는 것은 완전한 원인 제거가 아니다. 시술을 받는다 하더라도 고혈압과 고지혈증이 사라지는 것은 아니기 때문이다.

현수는 예전의 인연을 떠올려보았다.

어펜시브 참 마법 때문이었겠지만 일함 알리에프 대통령은 협조적이었고, 전폭적인 신뢰를 보내줬었다.

오랫동안 대통령직을 수행하였지만 독재나 부정축재 때문에 곤란을 겪지도 않았다.

한국의 몇몇 대통령들과는 사뭇 달랐던 것이다.

'도로시! 알리에프 대통령 다음 선거 득표율은 얼마야?'

'2018년 4월에 치러질 조기대선에서 86.02%를 득표해요. 그때 임기가 7년으로 늘어나는데 그다음 선거에서 88.9%를

득표해서 2032년까지는 대통령직을 수행하죠.'

지지율의 고공행진이다. 국민들의 신망을 잃지 않는다는 뜻
이다.

*   *   *

'그거 내가 고혈압이랑 고지혈증 고쳐줬을 때 그런 거지?'

'아마도요.'

도로시의 대답을 들었을 때 현수의 뇌리를 스치는 상념이
있었다.

'현재의 상태는 어때?'

'시간이 경과되면 뇌경색이 심해져서 사망에 이를 수도 있
어요. 서둘러야 해요.'

'골든타임는?'

'5시간 17분이요'

'시간이 없네. 클린봇은 있지?'

'네! 있어요. 근데 어쩌시려고요?'

'도로시가 날 포장해줘야겠어.'

남의 불행은 나의 행복인 경우가 있고, 위기가 기회인 경우
도 있다.

'뭘 어떻게 해드릴까요?'

'날 프리토리아 의과대학병원 뇌혈관 전문가로 포장해 줘.'

'인턴 과정만 마친 걸로 되어 있는데 그게 가능해요?'

'그러니까 도로시의 활약이 필요한 거지. 일단은 뇌혈관 중재시술 경험이 많은 걸로 포장해 봐.'

'… 잘못되면 폐하의 신상에 문제가 발생……'

'어허! 나를 못 믿어?'

'아니, 그건 아니지만 뇌혈관이라고요.'

극도로 조심하지 않으면 아차 하는 순간 환자를 잃게 되거나 영구적인 후유증을 남길 수 있다는 뜻이다.

'뇌혈관 중재시술로 충분한 거지? 혹시 경동맥 내막절제술이 시행되어야 하는 거야?'

'지금은 중재시술이면 충분해요. 근데 뇌동맥류[28]가 발생된 곳도 있어요. 아직 초기라 발견하지 못했나 봐요.'

'뭐어…? 뇌동맥류가 있어?'

혈관이 터지면 죽음에 이를 수 있는 병이다.

'네, 다행히도 세 군데 모두 초기예요.'

'어느 정도야? 코일 색전술을 해야 해? 아님 클립 결찰술이 필요한 거야?'

코일 색전술은 클립 결찰술보다 짧은 시간 안에 시술할 수 있고, 합병증 발생 가능성이 적다.

하지만 불완전폐색이 되면 재발 가능성이 높다. 아울러 고

---

28) 뇌동맥류 : 뇌혈관의 벽이 약해지면서 그 부위가 풍선처럼 부풀어 오르는 질환. 혈관이 갈라지는 부분에 많이 발생됨

도의 숙련된 술기가 필요한 치료법이다.

한편 클립 결찰술은 두개골을 열어 파열위험이 있는 뇌동맥류 경부를 묶어 뇌출혈의 발생을 예방하는 수술방법이다.

'현재 상황으로 보자면 풍선팽창형 스텐트를 쓴 코일 색전술(Cerebral aneurysm clipping)이 적합해요.'

자가팽창형 스텐트는 작은 혈관에 적합하지 않다. 따라서 뇌동맥류가 발생된 곳이 작은 혈관이라는 뜻이다.

'그래? 풍선팽창형 스텐트랑 백금 코일은 있어?'

아제르바이잔의 의료수준은 낙후된 편이다. 한국과 비교하면 10년 이상 뒤처져 있다.

매년 상당한 발전이 이루어지는 걸 감안해 보면 매우 낮은 수준이라는 뜻이다.

'…이 병원에 샘플로 들여놓은 거는 있어요. 근데 그걸 써 본 의료진은 아직 없는 것 같아요.'

'그래? 그럼, 잘되었네. 날 그 분야 전문가로 포장해 봐.'

'네? 뇌동맥류가 세 군데나 있는데요?'

뇌동맥류 환자 중 20%가 다발성이니 놀라운 일은 아니다.

'…많네. 스텐트랑 코일은 넉넉해?'

'네, 있기는 있어요.'

'알았어. 잘 포장해 줘.'

'넹!'

텔레비전에 시선을 둔 채 도로시와 대화를 나눈 현수는 알렉세이 후세이노프 비서관에게 시선을 주었다.

"보아하니 대통령님께 뇌경색이 온 듯합니다. 즉시 Cerebral Vascular Intervention을 실시하여야 할 것 같네요."

"네? 뭐라고요? 그게 뭡니까?"

"그건 뇌혈관 중재시술이란 뜻입니다. 사타구니에 있는 혈관으로 가느다란 관을 삽입해서 뇌혈관을 막고 있는 혈전을 제거하고 스텐트 시술을 하는 겁니다."

"에…? 근데 그런 걸 어떻게 아시죠?"

"저도 의사니까요."

"네에…?"

"대학병원에 있을 때 많이 해본 겁니다."

당연히 거짓말이다. 인턴에게 맡기기엔 능숙함과 더불어 고도의 술기가 필요한 시술인 때문이다.

어쨌거나 대통령은 생사가 오가는 위기에 처해 있는데 현수는 너무도 태연한 표정이다.

"프리토리아 대학병원에서 20번 이상 시술해 봤으니까 혹시라도 제 경험이 필요하면 언제든 호출해주십시오."

아제르바이잔의 의료수준을 낮춰보는 발언으로 들릴 수도 있다. 그럼에도 알렉세이 후세이노프는 고개를 끄덕인다.

자국의 의료수준이 낙후되어 있음을 인정하기 때문이다.

실제로 아제르바이잔 의료환경은 매우 열악한 편이다.

수도인 바쿠 이외 지역에서는 의료서비스가 거의 제공되지 못하고 있다. 바쿠의 경우에도 경미한 수술이나 가능한 정도이다. 복잡한 수술은 맡기기 어렵다.

"네? 아, 네에. 아, 알겠습니다."

"뇌경색은 빨리 조치를 취하지 않으면 돌이킬 수 없는 뇌 손상이 우려됩니다. 얼른 연락해 보시길 권합니다."

"알겠습니다."

알렉세이 후세이노프가 고개를 끄덕일 때 그의 휴대폰이 진동을 한 듯 얼른 꺼내서 액정을 확인해 본다.

"김 전무! 무슨 이야길 한 건가?"

곁에 있던 신 사장의 물음이다. 킴 전무라 부르는 것이 왠지 어색하니 김 전무라 부르기로 했다.

"일함 알리예프 대통령은 현재 혈전으로 인한 뇌경색 때문에 입원한 겁니다."

"뭐어? 뇌경색? 그거 매우 위험한 거지?"

대통령이 서거(逝去)하면 모든 행정은 올 스톱된다.

한국 아니라 미국, 아니, 달나라에서 왔어도 계약은 이루어지기 어렵다. 국장(國葬)이 먼저기 때문이다.

하여 신 사장의 표정엔 근심이 묻어난다. 비싼 전세기를 타고 왔는데 혹시라도 빈손으로 귀국할까 싶어서일 것이다.

"혈전용해제를 투입했다는데 혈전이 녹아서 호전되면 다행이에요. 동맥에 투여했으면 효과를 금방 확인할 수 있는 반면 정맥에 투여를 했다면 시간이 꽤 걸려요."

"그런가?"

"3시간 내지 6시간 안에 치료를 시작해야 하죠. 그런 면에서 대통령은 운이 좋았던 것 같습니다."

장관들을 접견하고 화장실에 다녀오겠다고 일어서던 중에 쓰러져서 금방 옮겨졌음을 이야기하는 것이다.

잠시 후, 일행 모두 아제르바이잔 정부가 제공하는 버스를 타고 윈터파크 호텔로 향했다. 4성급 호텔이다.

포 시즌즈 같은 5성급 호텔도 있지만 인원이 많아서 택한 곳이다. 출장비용을 아끼려는 신 사장의 의지도 있다.

애초에 계획되었던 현지답사는 연기되었다.

안내를 맡기로 했던 업체에 연락해보니 지하철 파업과 느닷없는 폭우, 그리고 교통상황 때문에 바쿠를 빠져나가는 데만 3~4시간이 걸린다고 한다.

그렇게 해서 현장에 도착해도 내려서 답사하는 건 어려울 것이라 하였다. 하여 일정을 미루기로 하였다.

내일도 폭우가 쏟아지면 또 연기하는 걸 원칙으로 했다.

계획되어 있던 일정이 캔슬 되었으니 하루 쉬기로 하였다. 비가 쏟아지고 있지만 자유시간을 준 것이다.

원래는 출발 전날 주려고 했던 자유시간이다.

현수가 짐을 풀고 샤워까지 마쳤을 때 초인종이 울린다.

띵~ 똥!

"네, 나갑니다."

수건으로 젖은 머리카락을 말리며 문을 열었을 때 밖에는 검은 양복을 입은 사내들이 서 있었다.

"보건부 오크타이 쉬랄리예프 장관입니다."

"아…! 반갑습니다. 들어오세요."

문을 활짝 열자 보건부 장관을 비롯한 공무원들이 들어왔다. 현수는 얼른 양복으로 갈아입었다.

"쉬시는데 와서 미안합니다. 도움을 청하려고요."

"네, 말씀하십시오."

"저희와 함께 가주실 수 있는지요?"

"…대통령님 때문인가요?"

"그렇습니다."

"알겠습니다. 가죠!"

잠시 후 검은색 승용차가 바쿠 거리를 질주하기 시작했다.

여전히 많은 비가 내리고 있고, 침수차로 인한 교통체증이 발생된 상태지만 교통경찰들이 나서서 차선 하나를 비웠기에 제법 빠른 속도이다.

"미안한데 의사면허증을 보여주실 수 있는지요?"

"아! 여기요."

가방 속 의사면허증을 보여주었다. 뒤에는 프리토리아 대학병원에서 참여했던 수술 참여목록이 있다.

샤워하는 동안 도로시가 조작하여 인쇄해 둔 것이다.

몇 년, 몇 월, 며칠에, 몇 번 수술방에서, 누구와, 어떤 수술에 참여했는지 표기되어 있다.

환자의 입퇴원 날짜까지 꼼꼼하게 조작된 기록이다. 아울러 몇 번 어시스트였는지, 집도의였는지도 표시되어 있다.

인턴 초기엔 2~3 어시스트였지만 반년쯤 지난 후부터는 주로 1어시스트였고, 마지막 2개월은 집도의로서 수술대 앞에 섰다고 되어 있다.

물론 참관교수의 이름도 있다. 다시 말해 교수의 관리감독 하에 수술을 했다는 뜻이다.

뇌혈관 중재시술은 20여 차례, 뇌동맥류 코일 색전술은 12차례, 뇌동맥류 결찰술은 15회이다.

보건부 장관으로부터 여권과 수술참여 목록을 건네받은 공무원은 이를 휴대폰으로 촬영 후 어디론가 전송했다.

프리토리아 의과대학병원으로 전화를 하든 뭘 하든 해서 사실 여부를 확인하려는 것이다.

사람이 직접 가서 확인하지 않는 이상 도로시가 모든 통신을 인터셉트할 것인지라 현수는 태연한 표정이다.

"대통령님은 어떠신지요?"

"아직은 그냥 그렇습니다."

대통령의 건강상태는 어느 나라든 비밀일 것인지라 더 캐묻지 않았다. 대신 중재시술에 필요한 도구 등이 있는지를 확인했다. 다행히 모두 갖춰져 있다고 한다.

20분쯤 걸려 병원에 도착했을 때 병원장으로 보이는 이가 마중 나와 있었다.

아제르바이잔보다 훨씬 뛰어난 의료기술을 가진 중년의 한 국인 의사를 기다렸는지 현수를 보고도 멀뚱멀뚱이다.

"이쪽입니다."

보건부 장관 오크타이 쉬랄리예프가 현수를 안내하자 병원 장은 깜짝 놀라는 표정이다.

"장관님! 이 사람은……?"

장관이 뭐라 말하기도 전에 현수가 나섰다.

"반갑습니다. 하인스 킴입니다."

"아! 네에. 근데……?"

"미스터 킴이 수술대에 설 겁니다."

장관이 눈짓을 하자 공무원이 들고 있던 서류를 건넨다. 수 술 참여 목록이다.

"에에? 남아공에선 인턴이 집도를 해요?"

말도 안 된다는 표정이다. 레지던트들도 실력이 인정되는 3~4년 차가 되어야 간신히 집도를 해본다.

그런데 의대를 갓 졸업한 인턴이 뇌수술을 한 것으로 나와 있다. 어찌 믿어지겠는가!

서류를 건넨 공무원이 귓속말을 하자 병원장의 눈이 대번 에 커진다. 외교라인을 통해 프리토리아 의과대학병원에 직접 확인했고, 모두 사실이라고 인정했다는 내용이다.

왠지 믿어지지 않는다.

이제 겨우 스물다섯으로 보이는 현수에겐 너무 전문적이고 어려운 시술인 때문이다. 그런데 서류엔 무려 20번이나 한 것으로 기록되어 있다.

'뭐지? 천잰가⋯?'

병원장은 고개를 갸웃거리며 현수를 바라본다.

"시간이 없다 하지 않았나?"

보건부 장관은 의사 출신이고, 병원장의 대학 선배이다. 그래서 그런지 말을 편하게 하는 듯하다.

"아, 네에! 이쪽으로⋯⋯."

잠시 후 현수는 대통령의 뇌혈관 상태를 확인하고 있었다.

"여기군요. 근데 혈전용해제가 아직 미치지 못했네요."

현수가 손으로 짚은 곳을 확인한 병원장은 고개를 끄덕였다. 정확한 지적이었던 것이다.

"그런데 여기와 여기, 그리고 여기에 뇌동맥류가 발생하고 있어요."

"네에? 어, 어디요?"

의사들은 모두 놀란 표정이 된다. 뇌동맥류가 터지면 뇌출혈이고, 금방 죽음에 이를 수 있는 때문이다.

"여기, 여기, 그리고 여기요."

"아~!"

의사들은 자신들이 미처 발견하지 못했던 부분을 지적하자 낮은 탄성을 낸다. 이때 현수의 말이 이어졌다.

"작은 혈관이니 코일 색전술(Endovascular Embolization)을 시술하겠습니다. 풍선팽창형 스텐트와 백금 코일 있죠?"

"한꺼번에요?"

"네! 그게 후유증이 제일 적습니다. 그리고 초기 발견이니 색전이 잘될 것 같고요."

"그게… 정말 가능한가요?"

모두들 놀란 표정이다.

아제르바이잔의 의료기술로는 뇌경색 하나도 버겁다.

그런데 그보다 더 위험할 수 있는 뇌동맥류가 세 곳에서 발견되었다. 말로만 듣던 다발성 뇌동맥류이다.

이걸 한꺼번에 처리한다는데 어찌 놀라지 않겠는가!

"할 수 있습니다. 어떻게 하시겠습니까?"

너무도 자신 있는 표정이다. 병원장을 비롯한 의사들은 잠시 시간을 달라고 했다.

약 1시간 후 현수는 수술대 앞에 섰다.

Chapter 12

—

수술대 앞에 서다!

"Cerebral Vascular Intervention에 이어 Endovascular Embolization을 실시하도록 하겠습니다."

"……!"

다들 긴장된 표정이다. 만에 하나 잘못되면 대통령을 잃을 수 있기 때문일 것이다.

시간이 넉넉하다면 미국이나 영국 같은 의료선진국으로 이송하여 수술을 받겠지만 지금은 그럴 겨를이 없다.

하여 듣도 보도 못한 애송이에게 집도의 자리를 내줬다.

의료선진국인 한국도 아닌 남아프리카공화국에서 의사면허를 땄다는데 영 미덥지 않다.

보건부에서 나서서 직접 확인을 했다곤 하지만 액면이 너무 어려워 보이는 것도 한 몫 하는 중이다.

현수의 뒤에는 만일의 사태를 대비한 경호원이 대기하고 있다. 여차하면 수술방에서 끌어내려는 태세이다.

그러거나 말거나 현수는 태연한 표정이다. 그리고는 시술을 시작했다.

사타구니의 혈관 속으로 밀어 넣은 작은 관이 뇌까지 가는 동안 모두들 숨죽인 채 긴장된 표정을 짓고 있었다.

혹시 모를 상황을 대비하여 녹화되는 중이며 참관실엔 의사들뿐만 아니라 고위 공직자들이 빼곡히 들어서 있다.

긴장된 상황 속이었지만 현수는 침착하게 뇌경색의 원인이 되었던 혈전을 제거하였다.

막혀 있던 뇌혈관으로 혈액이 지나는 게 확인되자 모두들 소리 없는 환호성을 터뜨렸다.

두 주먹을 불끈 쥐거나, 만세하듯 손을 들어 올리는 등의 몸짓이 환호성을 대신한 것이다.

옆 사람과 하이파이브를 하는 이도 있었다.

"이것으로 혈전은 제거되었습니다. 이제부터는 뇌동맥류 코일 색전술을 실시합니다."

잠시 후, 대롱 속 백금 코일이 부푼 혈관 속으로 밀려들어 간다. 부드럽게 말려들어가는 걸 영상으로 확인할 수 있다.

이제 의료진들은 현수를 의심의 눈초리로 보지 않고 있다.

오히려 세계적인 뇌동맥류 권위자를 보는 듯한 표정이다.

현수의 이마에선 굵은 땀이 배어나온다. 태연한 표정이지만 첫 번째 시술이다. 긴장하지 않는 것이 이상하다.

하여 완전 집중된 상태라 땀이 나오는 것조차 모르고 있었다. 이를 본 간호사가 얼른 거즈로 닦아낸다.

그런데 약간 몽롱한 표정이다. 동양인으로 보이는 젊은 의사가 너무 대단해서 뿅 간 거다.

첫 번째 대동맥류에 대한 시술이 끝났다.

잠시 혈액의 흐름을 살핀 현수는 도로시가 알려주는 대로 두 번째 대동맥류에 도전했다.

사람들의 눈에는 보이지 않겠지만 신일호도 현수를 돕고 있다. 조금이라도 힘을 잘못주면 뇌혈관이 다칠 수 있기에 힘 조절을 해주는 중이다.

수술이 시작되었을 때 클린봇 하나를 투여했다.

더 이상 고지혈증과 고혈압 등 혈관계 질환을 걱정하지 않게 한 것이다. 아울러 뇌혈관의 죽상경화증과 동맥경화로부터 안전해질 것이다.

이윽고 세 번째 백금 코일도 무사히 위치되었다. 신중하게 혈류의 흐름을 살피던 현수는 고개를 들었다.

"이것으로 뇌혈관 중재시술과 세 곳의 뇌동맥류 코일 색전술을 마쳤습니다. 수고하셨습니다."

수술대에서 한 걸음 물러서자 참관실에서 요란한 박수소리가 터져 나온다. 환자를 위해 소리는 지르지 않았다.

짝짝짝짝! 짝짝짝짝! 짜짜짜짜짝—!

박수를 받으며 물러난 현수는 의료진들에 둘러싸여 그들의 궁금증을 풀어주어야 했다.

그렇게 시간이 흘렀고, 일함 알리예프는 무사히 마취에서 깨어났다. 의료진으로부터 전후상황을 전해들은 대통령은 현수를 청했다.

"감사합니다. 목숨의 빚을 졌군요."

"괜찮으신 모습을 뵈니 다행입니다."

"잊지 않겠습니다."

"네, 회복이 중요하니 무리하지 마십시오."

"그럼요, 그럼요!"

대통령은 죽음의 문턱에서 자신을 끄집어낸 현수를 그윽한 시선으로 바라보았다.

새파란 애송이로 보이는데 의료진들이 입을 모아 칭찬했다. 뇌경색과 뇌동맥류 모두 매우 위험한 질병인데 너무도 쉽게 시술했다고 한다.

이를 곁에서 지켜본 것만으로도 공부가 되었다는 이야기도 했다. 시술하는 동안 현수는 교수가 되었고, 이 병원 의료진들은 인턴이나 레지던트의 자세가 되어 있었다.

어떤 방법으로, 어떤 경로를 통해, 어떻게 하는 것이며, 왜 그래야 하는지 효과와 위험성에 대해 자세히 설명해 주었다.

궁금해 하는 것에 대한 질문도 받아주었다.

단 한 번도 막힘없는 설명을 들은 의료진은 감탄의 빛으로 현수를 바라보았다. 세계적인 대가를 바라보는 눈빛이다.

한참을 병원에 머물러 있던 현수는 호텔로 돌아왔다. 그리고 얼마 후 사미르 샤리포프 재정부 장관이 찾아왔다.

"근데 진짜 건설회사 직원이세요?"

"어쩌다 보니 그렇게 되었습니다."

현수가 고개를 끄덕이자 장관 일행 모두 놀란 표정이다.

실력 좋은 의사가 왜 병원에서 근무하지 않고 건설회사에 속해 있느냐는 표정이다.

"공적개발 차관에 대한 전권을 가지셨다고 들었습니다."

"네! 제가 Y—인베스트먼트의 대표이사입니다."

말을 하며 신분을 증명하는 서류를 건넸다. 이를 꼼꼼히 확인한 장관이 입을 연다.

"모레 오전 10시에 건설부에서 계약을 체결하신다 들었습니다. 그전에 차관에 대한 이야길 하도록 하지요."

"좋습니다."

고개를 끄덕이자 장관은 국제차관의 이자율을 거론했다.

재정이 탄탄한 나라는 이자율이 낮지만 아제르바이잔은 그렇지 못한 국가이기에 다소 이자율이 높아야 한다.

지나의 공적개발원조(ODA) 차관 이자율은 연 3% 수준이다. 약정 수수료와 관리비는 각각 0.5%이고, 5년 거치 15년 상환인 경우가 대부분이다.

더럽게 많이 달라고 한다.

참고로, 일본은 0.4~1.2%, 한국은 0~2%, EU와 인도는 1.75%이다.

"어떤 조건을 원하시는지요?"

"저희는 10년 거치 15년 상환이면 좋겠습니다. 이자율은 2% 정도면 어떨까 싶습니다."

완전한 희망사항이다. 현수는 살짝 웃음 지었다. 이를 어떤 의미로 받아들였는지 장관의 안색이 살짝 바뀐다.

"그럼 3%는 어떻습니까?"

대번에 1%가 올라간다.

120억 달러 차관이니 1년에 1억 2천만 달러를 이자를 더 내겠다는 뜻이다. 1,410억 원 정도 된다.

"천연자원부를 맡으신 분이 후세인굴루 바기로프 장관님이시죠?"

"네. 그렇습니다만……."

재정부 장관은 갑자기 왜 딴소리냐는 표정이다.

"아제르바이잔은 1991년 10월에 독립했으니 이제 겨우 26년쯤 된 나라로 알고 있습니다."

"……!"

"국가로서 완전한 기틀을 닦기엔 부족한 시간이지요. 그래서 영국의 피치 Ratings는 신용등급을 투자적격 마지막 단계인 BBB−에서 BB+ 강등했더군요. 투자전망은 부정적으로 제시해서 추가 강등의 가능성을 열어두었고요."

"……!"

장관은 고개를 끄덕였다.

국제유가 급락이 국가 재정에 타격을 줬다는 이유로 국제신용등급을 정크로 내린 것이다.

무디스(Moodys)와 스탠더드 앤드 푸어스(S&P)는 피치보다 빠른 지난 1월에 정크 등급으로 진단했다.

저유가가 아제르바이잔의 재정상황에 상당한 악영향을 미치고 있는데 재정과 지출 조정에 실패했다는 이유이다.

하여 1인당 GDP가 2년 전엔 8,000달러였는데 4,100달러로 반토막 날 것으로 예측했다.

세계 3대 신용평가기관 모두 아제르바이잔의 재정이 더욱 악화될 것이란 진단을 내린 것이다.

재정부 장관이 어찌 모르겠는가!

신행정도시 건설공사와 석유화학단지 건설공사 모두 공적개발차관을 얻지 못해 뒤로 밀려 있는 상황이다.

정크 수준으로 진단되었는지라 차관 이자율로 5%를 제시해보았지만 모두 거절당한 바 있다.

하여 경제개발부 니야지 샤파로프 차관은 지나와 일본, 미국과 프랑스 등에서 참담한 기분을 느꼈었다.

마지막으로 방문했던 한국에서도 차관제공을 거절한 건설사가 셋이나 있었다.

그러다 천지건설을 찾아갔다.

큰 기대 없는 방문이었다. 면담을 마치고 시간을 달라는 말을 들었지만 의례적인 거절이라 생각했었다.

그런데 놀라운 대답을 들었다. 늘 거절만 당했는데 첫 번째로 긍정적인 답변을 들었던 것이다.

"차관 제공에 대한 조건을 제가 제시해도 되겠습니까?"

"네, 말씀하십시오."

"차관에 대한 이자는 받지 않겠습니다. 대신 석유와 천연가스를 받고 싶습니다."

"네? 뭐라고요?"

전혀 예상치 못했던 조건인 듯 화들짝 놀란 표정이다.

"차관을 제공하는 대신 석유와 천연가스로 주십시오. 제가 알기론 올해 유가를 배럴당 25달러로 전망하고 예산을 책정한 걸로 알고 있습니다."

"마, 맞습니다."

장관의 음성은 떨리고 있었다. 어쩌면 배럴당 25달러에도 미치지 못할 수도 있다는 전망이 있었던 때문이다.

참고로, 2015년의 예산을 전망할 때엔 배럴당 50달러로 전망했었다. 1년만에 반 토막으로 전망된 것이다.

"오늘 날짜 서부 텍사스 경질유는 배럴당 43.38달러, 북해

산 브렌트유는 45.56달러입니다. 맞죠?"

"맞습니다."

"유가라는 게 오르기도 하고 내리기도 하는데 제가 볼 때 현재는 저유가 시대입니다."

"……!"

"그래서 배럴당 50달러로 매년 12억 달러어치를 가져가겠습니다. 괜찮죠?"

현재의 시가보다 10%정도 높은 금액이고, 매년 2,400만 배럴 씩 10년 동안 가져가겠다는 뜻이다.

그야말로 'Well come, Thank you very much!' 이다.

"……!"

장관 등은 입을 딱 벌렸다.

차관을 얻는 게 아니라 고정적으로 석유와 천연가스를 수출하여 신행정도시를 건립하게 됨을 의미하기 때문이다.

"참! 건설부의 수장이신 샤빈 무스타파에프 장관님께 드릴 말씀도 있습니다."

"뭐, 뭐죠?"

"정부에서 유화단지 건설로 낙점한 라다흐 지역은 지진 위험이 매우 높습니다. 그래서 거기에 건립하면 안 됩니다."

"네? 지, 지진이요?"

유화단지가 있는 곳에서 지진이 발생되면 어떤 일이 빚어질지 너무도 뻔한지라 놀란 표정이다.

"거기보다는 피르샷(Pirssat) 지역이 더 적합합니다. 이건 라다흐와 피르샷 지역의 단층에 관한 자료입니다."

현수가 내민 자료를 보았지만 무엇을 의미하는지는 알지 못하는 듯한 반응이다. 하긴 재정부 장관이다. 지질이나 과학 쪽과는 다소 거리가 멀 수도 있다.

"유화단지 건설공사도 차관이 필요하다는 걸 알고 있습니다. 90억 달러를 추가로 제공하면 되겠습니까?"

"네? 9, 90억 달러를 추가로 더요……?"

재정부 장관은 몹시 놀란 표정이다.

아제르바이잔의 현재 외환 보유액은 67억 달러이고, 수출은 161억 달러이고, 수입은 87억 달러를 예상하고 있다.

그런데 210억 달러를 차관으로 제공한다고 한다. 이자는 없고 전액 현물로 받아간다고 하니 정신이 혼미해진다.

"천연자원부와 건설부의 협의가 있어야 할 것 같습니다. 장관님!"

곁에서 둘의 대화를 듣고 있던 비서의 말이었다.

"부, 불러도 되겠습니까?"

"그럼요! 저는 언제든지 괜찮습니다. 아! 그럴 게 아니라 이따 저녁식사를 같이하시죠."

"네, 그럼 시간을 좀 주십시오."

"네! 이따 6시쯤 이 호텔 레스토랑에서 뵙죠. 저는 니자미 박물관 구경을 하고 오겠습니다."

이 호텔엔 170개의 객실이 있다. 모두 천지건설이 쓰고 있으니 전세 낸 셈이나 다름없기에 한 말이다.

비가 오지 않았다면 걸어서 8분 거리에 있는 분수광장과 13분 거리에 있는 샤미르 공원도 가보고 싶었다.

"좋습니다. 오후 6시에 이 호텔 레스토랑에서 뵙죠."

"네! 그리시죠."

"라말드! 자네가 안내를 맡게."

보아하니 장관의 최측근 수행비서인 듯하다.

"알겠습니다. 장관님!"

"하인스 킴 박사님이 불편하시지 않도록 하고, 의전에도 소홀함이 없어야 할 것이야!"

졸지에 박사로 격상되었다.

"물론입니다. 장관님!"

라말드는 크게 고개를 끄덕인다.

＊   ＊   ＊

어려 보이기는 하지만 아제르바이잔의 귀빈 중의 귀빈의 안내를 맡게 되어 영광이라는 듯 상기된 표정이다.

210억 달러는 배럴당 50달러인 석유를 4억 2,000만 배럴이나 살 수 있는 금액이다.

지금은 저유가 시대이지만 2년 후엔 배럴당 80달러 이상으로 오르게 된다. 그러다 2019년 연말이 되면 배럴당 100달러까지 치솟을 것이다.

따라서 가급적 천천히 가져갈 생각이다. 5~10년 정도가 적당할 것이다. 당장은 10% 정도 높은 금액을 지불하는 것 같지만 나중엔 현수가 훨씬 이득이기 때문이다.

'LNG선과 유조선이 필요하네.'

이쯤 되면 떠오르는 사람이 있다.

'MSC사의 지왕뤼지 아폰테 사장님은 잘 계실까? 엘리자베스 부인은 어떻지? 도로시!'

부르자마자 답이 나온다.

'넵! 지왕뤼지 아폰테는 괜찮은데 엘리자베스 아폰테는 현재 MD앤더슨에 입원해 있어요. 비소세포암 4기예요.'

현수의 생각을 읽은 모양이다.

아까 수술을 하면서 생각을 읽어도 된다고 허락했는데 '그만' 이라는 말을 안 했나 보다.

'당장 급한 상황이야?'

'의료기록을 보니 11월은 못 넘겨요.'

'다행이야, 그나마 11월까진 시간이 있어서.'

'신육호가 현재 미국에 있는데 캔서봇 투여해요?'

'오! 그래? 그럼 일단 3기로 낮춰놓도록 해.'

대번에 낮게 할 수도 있지만 그러면 자신의 공을 알지 못한다. 하여 생명에 지장이 없을 수준으로 낮추라는 지시를 내린 것이다.

'네! 지시할게요.'

세계 2위 선사인 MSC사의 지왕뤼지 아폰테 사장과 인연을 맺어두면 여러모로 좋은 일이 많다.

'세바스티앙 오머런은 어때?'

세바스티앙은 프랑스의 선사 CMA 오머런의 부회장이다.

'그는 현재 오시마 조선소에 있어요.'

8만톤급 석유제품 운반선 3척, 2만 TEU급 컨테이너선 4척 모두 태백조선소가 수주하지 못한 모양이다.

세바스티앙과 인연을 맺으려면 뭔가가 필요하다.

'그럼 루이 오머런은?'

세바스티앙의 부친이며 CMA 오머런의 회장이다.

'작년 1월에 사망했어요.'

'젭이네.'

인연의 끈이 끊어진 듯한 느낌이라 입맛을 다셨다.

'대신 알루 오머런이 급성백혈병이에요.'

'알루? 세바스티앙의 아들?'

'아뇨. 알루는 손자예요.'

'그래? 병세는 어때?'

'초기인데 아직 모르고 있어요.'

'몰라? 왜지?'

세바스티앙은 엄청난 부자이다. 그런데 손자가 병에 걸렸다는 걸 모른다니 뭔가 이상하다.

'의무기록을 자세히 살피면 알 수 있었는데 담당 의사가 그
러지 않았나 봐요.'

'알았어! 그리고 지금부터는 생각 읽지 마.'

'넵!'

현수는 도로시와의 상념대화를 끊었다.

                    *   *   *

"니자미 박물관이요?"

"그래! 근처에 걸어서 가볼 만한 거리에 있어. 가볼 테야?"

"저는 갈래요."

"저도요. 지도 따라 갈게요."

룸에서 쉬고 있던 김지윤과 조인경 모두 반색하며 현수를
따라나섰다. 마땅히 할 일도 없어 무료하던 차이다.

안내는 재정부 장관 사미르 샤리포프의 수행비서인 라말드
가사노프가 맡았다.

도로시가 확인한 바에 의하면 세 명의 부총리 중 하나인
알리 가사노프의 조카라고 한다.

로비로 내려가니 벤츠 한 대가 대기하고 있다.

"타시죠."

알리 가사노프가 조수석에 타니 현수와 지윤, 그리고 인경

은 뒷좌석에 탈 수밖에 없었다.

인경이 먼저 타고 지윤, 그다음에 현수가 탔다.

"일행이 더 계신지 몰라 한 대만 준비시켜서 죄송합니다."

"아이고, 아닙니다. 금방일 텐데요, 뭘!"

"이곳 지리를 잘 아시나 봅니다."

"오기 전에 지도를 꼼꼼히 봐뒀거든요."

차는 5분도 안 되어 박물관 앞에 당도했다.

현수와 지윤, 그리고 인경은 박물관 관장의 안내를 받으며 유물들을 구경했다.

아제르바이잔의 민족 문학영웅 니자미 겐제비(1141~1209)를 기리는 문학박물관이다. 페르시아 최고의 시인이며, '함세'라는 5부작 장편 서사시의 작가이다.

박물관 2층 전면에는 동상 6개가 서 있다. 아제르바이잔의 유명 문인들이라는데 처음 듣는 이름이다.

유물들을 살피던 현수의 눈에 뜨이는 것이 있었다. 아르센 대륙의 마법사들이 사용하는 스태프 같은 것이다.

'도로시 저건…!'

현수가 화들짝 놀란 표정을 지을 때 도로시가 초를 친다.

'에고, 모양은 비슷한데 아니네요. 마나석 아니고요 천연 감람석을 갈아서 만든 거예요. 감람석 아시죠?'

감람석은 투명한 녹색 또는 황록색의 암석이다. 별명은 올리빈(olivine) 또는 크리솔라이트(chrysolite)이다.

밤에 빛을 받으면 녹색이 도드라지게 보여서 '이브닝 에메랄드' 라고도 불린다.

'난 또……'

현 시점의 지구엔 딱 두 명의 마법사만 존재했거나, 한다. 전자는 멀린이고, 후자가 본인이다.

그런데 다른 마법사의 유물인 듯하여 놀랐던 것이다.

박물관 구경을 마치고 나오니 비가 그쳐 있었다. 근처에 성벽이 보여서 안내를 부탁하였다.

성벽의 안쪽은 구시가지이며, 아제르바이잔어로 '이체리 쉐헤르(Icheri Sheher)' 라 한다.

좁은 골목이 미로처럼 얽혀 있는데 옛 건물들이 많았다. 돌아보고 나올 때 탑이 있어 물어보니 한 번도 정복당하지 않았기에 '처녀의 탑' 이라 한다.

원래의 명칭은 '메이든 타워(Maiden's Tower)' 로 정복할 수 없는 성역이라는 뜻이다. 초기 구조물 위에 회색 석회암을 이용하여 지은 28m짜리 원통형 탑이다.

바쿠왕의 딸 메이든의 이름에서 유래되었다고 하였다.

다음으로 구경한 곳은 아제르바이잔 건축의 진주라고 불리는 '쉬르반샤 궁전(Shirvanshah's Palace)' 이다.

이슬람 건축의 느낌이 물씬 났다.

그런데 유물들 대부분 전리품으로 빼앗겨 남은 게 별로 없다고 한다. 여기서 챙겨간 건 터키 이스탄불의 토카프 궁전에 있다며 도둑놈들이라고 하였다.

어쨌거나 쉬르반샤 궁전은 메이든 타워와 더불어 세계문화유산으로 등재된 유물이다.

다 돌아보지도 못했는데 약속했던 6시가 가까워져 호텔로 돌아왔다. 그런데 여러 시간 동안 사라져서 찾았던 모양이다.

도착하자마자 이연서 회장의 부름을 받았다.

"어딜 다녀왔나?"

"근처에 있었습니다. 무슨 일 있습니까?"

"사람들이 와서 자꾸 뭘 물어보는데 알 수가 있어야지."

통역이 없으니 불편했던 모양이다.

"에고, 죄송합니다."

"아니, 죄송할 것까지는 없는데 자네더러 박사님이라 부르는 건 뭔가?"

"박사님이요?"

"그래, 자네가 무슨 수술을 했나? 이 호텔 매니저가 오퍼레이션 어쩌고 하던데."

이 회장은 호텔에 당도하자 씻고 쉬겠다며 올라갔다. 그러곤 깜박 잠이 들었었는데 깨어보니 뭔가 분위기가 이상했다.

호텔의 대우가 조금 더 융숭해진 것 같았다.

그렇다 하여 왜 아까보다 친절해졌느냐고 물어볼 수는 없다. 하여 일행에게 무슨 일이 있었느냐고 물었다.

매니저가 영어로 대답해주기는 했는데 발음도 이상하고 해서 태반은 알아들을 수 없었다.

다만 Operation과 M.D.(Doctor of Medicine)는 확실히 알아들었다. 수술과 의학박사라는 뜻이다.

현수가 남아공 의사면허를 가졌다는 건 안다. 프리토리아 의과대학을 졸업하고 인턴 과정까지 수료한 것도 안다.

그런데 수술이며 의학박사란 말은 또 뭔가 싶었던 것이다.

상식적으로 인턴은 수술을 못 한다. 아직 배우는 과정이라 집도를 허락하지 않기 때문이다.

그리고 인턴에게는 의학박사라고 하지 않는다. 박사 학위가 없으니 당연한 일이다.

혹시 신형섭 사장은 이유를 알까 싶어 찾았는데 건설부에서 협의할 내용이 있다 하여 출발한 직후였다.

하여 현수를 찾았는데 행선지를 알리지 않고 외출했다는 대답만 들었다.

지윤과 인경을 데리고 누군가와 나갔다는데 목적지와 이유를 알 수 없어 궁금해 하던 차이다.

"아! 그거요."

"그래! 아는 거 있으면 말해주게."

"네! 아까 입국했을 때 뉴스 보셨지요?"

"일함 알리예프 대통령이 뇌경색 때문에 쓰러졌다는 거?"

"네! 그게 혈전 때문인데, 혈전이 뭔지는 아시죠?"

"그래, 우리말로 피 떡 아닌가. 피 떡!"

"네! 그거 때문에 뇌경색이 온 건데 여기 의료진은 뇌혈관 속 혈전을 제거하고, 막힌 혈관을 넓히는 뇌혈관 중재시술이란 걸 할 줄 몰라요."

"뇌혈관 뭐…? 그게 뭔가?"

"뇌혈관 중재시술은요……."

의학의 문외한이라도 알아들 수 있도록 아주 쉽게 풀어서 설명을 해줬다.

"그런가? 근데……?"

아직 본론을 못 들었다는 표정이다.

"여기 대통령님은 그거 외에도 뇌동맥류가 세 군데가 있었어요."

"뇌동맥류? 그거 위험한 거 아닌가. 잘못하면 뇌출혈로 이어져 목숨을 잃을 수도 있는…."

"네! 맞습니다. 잘 아시네요."

"근데 그게 왜?"

빨리 본론을 이야기하라는 뜻이다.

"그것도 여기 의료수준으론 수술이 어려워서 제가 뇌혈관 중재시술과 뇌동맥류 코일 색전술을 했어요."

"뭐, 뭐어…? 그, 그 말 진짠가?"

이 회장의 눈이 대번에 커진다. 연륜이 있기에 웬만한 일에는 눈 하나 꿈쩍이지 않지만 진심으로 놀란 표정이다.

"에고, 그럼요! 제가 인턴 마지막에 신경외과에 있었는데 그때 많이 해본 거예요."

현수는 일부러 아무렇지도 않은 표정을 지었다. 이런 땐 뻔뻔스러워야 한다.

"인턴인데 수술을 했다고?"

"인턴은 마쳤습니다. 그리고 수술이 아니라 시술이에요. 아까 말씀드렸듯이 사타구니 혈관에 관을 삽입해서…."

말로는 되게 쉬운 것처럼 설명했다.

혈관에 관을 꽂아 넣으면 뇌까지 일사천리로 가는 듯 느꼈을 것이다.

"그러니까 김 전무가 여기 대통령 뇌수술을 했다고?"

믿을 수 없다는 표정이다. 하긴 이연서 회장이 보기엔 손자들보다도 어려보일 것이다. 이현우나 이수린보다는 나이를 더 먹었지만 액면이 그렇다는 뜻이다.

"수술이 아니라 시술이라니까요."

"그래. 시술! 근데 그걸 자네가 했다고?"

"네! 어쩌다 보니 했네요."

"혈~! 뇌경색하고·뇌동맥류라고 했나?"

"네! 뇌경색은 뇌혈관 중재시술을 한 거고요. 뇌동맥류는 코일 혈전술을 시술했습니다."

"끄으웅!"

이 회장은 낮은 침음을 내며 등받이에 털썩 기댄다.

이 무슨 말도 안 되는 이야기란 말인가!

이제 겨우 스물다섯으로 보이는 젊은이가 뇌경색과 뇌동맥류를 상처에 대일밴드 붙인 것처럼 이야길 했다.

잘못되어 대통령이 목숨을 잃게 되는 경우나 후유증 또는 부작용이 발생하는 건 아예 생각지도 않은 뻔뻔한 표정이다.

"저어, 회장님! 제가 지금 약속이 있습니다."

"약속…? 무슨 약속?"

"여기 재정부 공무원들과 공적개발차관 제공에 대한 협의를 하기로 해서요."

"아! 그거…? 그래, 얼른 가보시게."

차관이 제공되어야 공사가 수주됨을 잘 알기에 얼른 나가보라며 손짓까지 한다.

현수가 객실을 나와 레스토랑으로 향할 때 이연서 회장은 전화기를 들고 있었다.

Chapter 13
—
앞에선 밑지고, 뒤로 남지

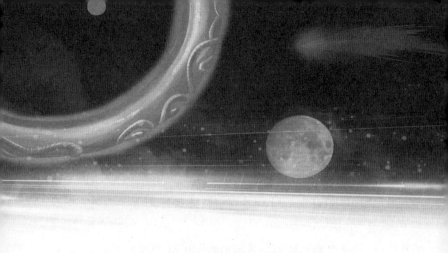

"아! 김 박사. 날세. 천지그룹 이연서. …그래, 그래! 괜찮네. …내가 지금 먼데 출장 나와서 내일은 못 가네. …그래, 그래! 출장 마치는 대로 꼭 가겠네."

혈압이 높아서 정기적으로 건강검진을 받아왔는데 시기가 지났음에도 오지 않는다고 잔소리를 들은 모양이다.

"그나저나 뭐 하나 물어보세. …뇌혈관 중재시술이라는 거 말이네. …아니, 나는 멀쩡하네. …알았네, 알았어. 당연히 자네 병원을 소개하지. …그래, 그래."

환자가 누군지 알 수 없지만 자기네가 전문이니 다른 병원으로 가면 안 된다고 하는 모양이다.

"그래. 뇌혈관 중재시술이라는 거 쉬운 건가? …아냐? …하긴 뇌혈관이니 그러겠지."

뇌가 얼마나 예민한지 알기에 하는 말이다. 이 회장의 통화는 계속되었다.

"그럼 말이네. 뇌동맥류 코일 색전술이라는 거 말이네. …에고, 아니라니까. 그냥 내가 궁금해서 묻는 거네. …그거도 어려운 거지?"

상대가 뭔가를 한참 이야기하는지 이 회장은 말이 없다. 시술이 잘못되면 벌어질 불상사를 늘어놓는 모양이다.

"그래! 근데 그거 인턴 때 다 배우는 건가? …아니, 그냥 궁금해서. …그래, 그래. 레지던트들도 안 시킨다고?"

인턴, 레지던트, 펠로우, 조교수 등에 대한 이야기를 한참 들었다.

"그게 그렇게 어려운 건가? …그래, 그렇지? …그래, 그래! 알았네. …여기? 여긴 아제르바이잔이야. 출장 왔네. …다음 주에 꼭 가겠네. 알았네, 알았어."

건강검진의 중요성에 대한 설교를 듣는 게 지겨운지 수화기를 귀에서 잠시 뗀다. 늙어도 잔소리를 싫은 모양이다.

"그래, 간다니까. 참! 이번에 가면 방금 내가 말했던 것들이 어떤 건지 조금 더 자세히 설명해 주게. …아유, 아니라니까. 환자가 있어서 그런 게 아냐. 그냥 궁금해서. …알았네, 알았어. 찾아보지. …그래, 다음 주에 보세."

전화기를 내려놓고는 나직이 투덜댄다.

"간다는데 왜 자꾸 잔소리인지. 그나저나 유튜브로 볼 수 있다고? 이봐, 박 비서! 박 비서 밖에 있나?"

이 회장의 부름을 받은 박 비서는 유튜브로 뇌혈관 중재시술과 뇌동맥류 코일 색전술에 관한 동영상을 보여주었다.

그러는 동안 박 비서는 두 가지에 대한 자료를 수집했다. 시술의 난이도와 잘못될 경우에 관한 것들이다.

같은 순간, 현수는 윈터파크 호텔 레스토랑에서 세 명의 장관과 마주하고 있다.

장관들은 수행비서 뿐만 아니라 실무진들까지 몽땅 데리고 온 듯하다.

"또 뵙네요."

신행정도시 건설 주무장관인 샤빈 무스타파예프 건설부 장관에게 목례를 하니 반색하며 미소 짓는다.

"아제르바이잔을 위해 정말 큰일을 해주셨습니다."

"에고, 할 수 있는 걸 한 것뿐입니다."

"천연자원부를 맡고 있는 후세인굴르 바기로프입니다."

"네! 만나서 반갑습니다. Y-인베스트먼트 대표이사 하인스 킴입니다."

"저도 대통령님을 수술해주신 것에 대해 심심한 감사의 뜻을 표합니다."

"네에. 저도 이처럼 환대해 주셔서 감사할 따름입니다."

"자, 이제 자리에 앉읍시다."

"그러시죠."

재정부 사미르 샤리포프의 제안에 따라 모두가 착석했다.

잠시 후, 레스토랑 종업원들의 서빙이 시작되었다.

이런저런 이야기를 하며 즐거운 마음으로 식사를 모두 마치자 후식을 내왔다.

이마저 비운 후 안쪽의 룸으로 들어갔다. 20명 정도가 모여서 술과 음식을 즐길 만한 규모의 방이다.

3명의 장관과 현수, 그리고 각각의 비서 1명씩만 자리에 함께 했다. 나머지는 룸 밖의 홀에 대기시켰다.

이제부터 국가의 대사를 의논하기 때문이다.

"식사가 아주 맛있었습니다."

입에 발린 소리가 아니라 진짜로 맛이 좋았다.

현수는 모르지만 아틀리레 비방다(Atelier Vivanda)의 쉐프를 초빙해서 50일 숙성 스테이크가 서빙된 것이다.

참고로, 아틀리에 비방다는 프랑스 파리에 본점이 있으며 미슐랭 투 스타 레스토랑이다. 바쿠에 있는 건 지점이다.

"자, 이제 본론으로 들어가 볼까요? 먼저 어떤 이야기를 할까요?"

1 : 3이지만 대화의 주도권은 현수가 가졌다.

"먼저 유화단지 입지에 대한 설명을 드리겠습니다. 우리가 조사한 자료에 의하면……."

현수는 빔 프로젝터를 활용하여 가진 자료들을 공개했다.

누가 어떤 부정을 저질렀는지는 꼭 짚어서 이야기하진 않았지만 공무원이 조사업체와 결탁한 결과 허술한 결과가 나왔음은 주지시켰다.

뇌물을 먹은 공무원은 파면뿐만 아니라 형사적 처벌도 받게 될 것이고, 허술한 지반조사 결과를 제출한 업체도 성하진 않을 것이다.

다 지어놓은 유화단지가 지진으로 붕괴되고, 토양이 오염되는 것에 비하면 아주 작은 일이라 숨기지 않은 것이다.

"저희 예상으로 라다흐 지역에서 지진이 발생하는 시기는 2019년 8월일 거라는 결론을 내렸습니다. 리히터 규모는 6.0이나 6.5 사이일 것입니다."

장관은 물론이고 비서들까지 모두 메모한다.

실제로 지진은 2019년 8월 6일 오후 3시 반쯤 발생되며 리히터 규모는 6.3이다.

"저희가 주목한 곳은 바쿠 남쪽 해안가에 위치한 피르샷입니다. 유화단지의 입지로는 가장 적합합니다."

또 메모를 한다.

"신행정도시 공사에 대한 차관은 이미 이야기된 부분이니 유화단지 차관에 대한 말씀을 드리겠습니다. 저는……."

아까 재정부 장관에게 이야기했던 것을 조금 더 풀어서 이야기했다.

피르샷 유화단지 건설을 위한 차관 90억 달러까지 포함하면 차관제공 총액은 210억 달러이다.

이자를 받지 않는 대신 고정된 가격으로 원유와 천연가스를 공급받고 싶다.

원유의 가격은 현재의 국제유가보다 10% 정도 높은 배럴당 50달러로 하고, 5~10년간 균등하게 가져간다.

유화단지는 2030년까지 완료를 목표로 하고 있지만 최대한 당겨서 완공시킨다.

대신 공사비는 아제르바이잔 정부가 내정했던 181억 6,200만 달러에서 3,800만 달러를 더하여 182억 달러로 하자고 했다.

세 장관들은 잠시 의논할 시간을 달라고 하였다.

현수는 기꺼이 고개를 끄덕이고는 룸을 빠져나왔다. 그전에 지반조사에 관한 일체의 자료를 넘겼다.

밖에 있던 실무진들은 몹시 바빠졌다.

밖으로 나가려는데 장관들 이름이 들린다.

내무부장관 람밀 우수보프(Raamil Usubov)와 법무부 장관 피크레트 마메도프(Fikrat Mammabov)이다.

이들의 이름이 거명된 건 엉터리 지반조사 보고서를 제출한 회사와 공무원의 입에서 곡소리가 날 거라는 뜻이다.

나쁜 짓을 했으면 벌 받는 게 당연하기에 웃으며 나왔다.

"무슨 말씀을 하신 건가요?"

수행비서 노릇을 한 조인경의 물음이다.

처음부터 끝까지 오로지 아제르바이잔어로만 대화를 했기에 곁에 있으면서도 무엇을 이야기했는지 전혀 모른다.

다만 장관들이 놀랐다는 것만은 확실히 알 수 있었다.

"차관 제공 이자 대신 원유와 천연가스를 달라고 했어."

"아! 그런가요?"

"그리고 피르샷 유화단지 건설공사도 우리 천지건설에 맡겨 달라고 했지."

"그걸…, 그냥 준대요?"

분위기가 나쁘지 않았다는 것을 알기에 하는 말이고, 그냥 해보는 말이다. 다시 말해 일말의 기대도 없다.

근데 반응이 묘하다.

"아마도……!"

조인경은 유화단지 신축공사가 계획되어 있다는 것만 알 뿐 어느 정도 규모인지 알지 못한다.

일단은 신행정도시 건설공사에 매진해야 했기에 그쪽으로만 집중적으로 공부한 때문이다.

이는 신형섭 사장도 마찬가지이다.

현지에 와서 직접 조사했던 해외영업부 실무진 몇만 제대로 파악하고 있을 뿐이다.

유화단지라니 상당히 크겠구나 하는 정도이다.

이런 공사를 수주하려면 해외영업부와 견적실 등에서 날밤을 새고 또 새고 하면서 자료를 만든다.

그래도 수주에 실패하는 경우가 많다.

국내기업 뿐만 아니라 냄새를 맡은 해외 유수의 건설사까지 경쟁상대가 되는 때문이다.

그런데 딱 한 번 프리젠테이션을 해놓고는 다 된 것처럼 이야기하니 어이가 없다.

생각해 보니 현수는 건설 쪽엔 문외한이다. 다만 굴리는 돈의 규모가 크니 지금껏 별다른 어려움이 없었을 것이다.

돈으로 안 되는 일이 드문 세상이기 때문이다.

조인경은 멍한 시선으로 현수를 바라보았다. 아까 샤워를 해서 그런지 아주 말끔하다.

'으응? 컨실러²⁹⁾를 쓰시나? 잡티가 하나도 없네.'

현수는 스킨로션조차 사용하지 않는다. 그런 거 안 써도 백옥 같은 무결점 피부가 유지되는 때문이다.

"아마도라고 하시면 될 수도 있다는 거죠?"

"될 수도 있는 게 아니라 될 거야. 182억 달러짜리 공사!"

"네? 어, 얼마요?"

"182억 달러! 한국 돈으로 21조 3,986억 5,000만 원."

"세상에……!"

인경은 입을 딱 벌렸다. 어마어마한 공사라서 그렇고, 현수가 너무도 태연해서 그렇다.

29) 컨실러(concealer) : 여드름·주근깨·기미·뾰루지·다크서클 등 피부의 결점 부위를 감추기 위하여 사용하는 화장품

"해외영업부 최 부장과 견적실장을 봐야 하니 연락해 줘."

"네! 전무님."

인경은 휴대폰을 들어 최규찬 부장에게 연락했다.

"아! 내 방으로 오라고 하지 말고, 세미나실 같은 걸 찾아놓고 날 부르라고 해. 유화단지 자료 몽땅 가지고."

"네, 전무님!"

인경은 방금 들은 말을 정리해서 전달했다.

10분 후, 현수는 직원들로 가득 찬 세미나실로 들어섰다.

맨 앞에는 신형섭 사장과 이연서 회장까지 앉아 있다.

뭐가 어떻게 전달되었는지 몰라도 출장 온 임직원 전체가 모인 것이다.

뚜벅뚜벅 연단에 오른 현수는 마이크를 톡톡 쳐보고는 입을 열었다.

"이렇게 다 모이시라고 한 건 아닌데 전달과정에 오류가 있었나 봅니다."

현수의 시선을 받은 최 부장은 조인경 차장을 바라본다. '다 부르라며?' 하는 표정이다. 조인경은 쌩깠다.

"기왕에 모였으니 이야기 하지요. 해외영업부 최규찬 부장님, 잠깐 일어나세요."

"네? 아, 네에."

뭔 일인가 하는 표정으로 일어선다.

"잠깐 나오셔서 여기 올 때 보여줬던 유화단지 건설공사에 대한 개요를 브리핑해 주세요."

"아! 네에."

크게 고개를 끄덕인 최 부장은 부하 직원에게 노트북을 건네곤 연단 앞에 섰다.

모두의 시선이 쏠리자 고개를 끄덕여 신호를 준다.

그와 동시에 세미나실의 전등의 모두 꺼졌고, 빔 프로젝터가 빛을 발한다.

그러자 스크린에 '라다흐 유화단지 신축공사' 라는 제목이 크게 뜬다.

"에, 라다흐 유화단지는 총 4개의……."

최 부장의 간결하면서도 핵심은 모두 짚는 브리핑을 했다.

"수고하셨어요, 내려가셔도 됩니다."

"네, 전무님!"

최 부장은 정중히 고개를 숙이곤 본인 자리로 되돌아갔다.

"방금 들었던 라다흐 유화단지 공사, 우리가 수주할 것으로 사려됩니다."

"뭐, 뭐라고?"

"정말?"

"와아아! 만세, 만세!"

삽시간에 시끄러워졌다.

현수는 잠시 임직원들의 상기된 표정을 보고만 서 있었다. 모두가 잠잠해졌을 때 다시 입을 열었다.

"총공사비는 182억 달러입니다. 2030년까지는 완공해 달라는데 우리는 그것보다 빨리 준공해야겠죠?"

"그럼요!"

"당연합니다."

"진짜 수주한 거죠?"

금방 또 와글와글해진다. 지윤과 인경은 단상 위에서 홀로 빛나는 현수를 멍한 시선으로 바라보고 있다.

돈이 많다고 무조건 공사를 수주할 수 있는 건 아니다.

신행정도시 건설공사는 엄청난 액수의 차관을 제공하는 것이었는지라 가능했을지 모른다.

그게 착공도 되지 않았는데 유화단지 건설공사까지 발주한다는 건 웬만한 믿음으론 어림도 없는 일이다.

*　　　*　　　*

하는 것 봐서 잘한다 싶으면 그때서야 슬쩍 이런 공사도 있는데 해보겠느냐고 찔러보는 것이 보통이다.

"질문 있습니다."

누군가 큰 소리를 내자 이내 잠잠해졌다.

"네, 말씀하십시오."

"견적실 이화수 차장입니다. 유화단지 건설공사는 제대로 된 도면이 없어서 견적을 내보지 못했습니다. 그런데 어떻게 해서 182억 달러로 확정된 겁니까?"

듣고 보니 엉뚱한 말은 아니다.

"…신행정도시 견적은 어떻게 냈죠? 그것도 도면은 확정되지 않았었는데."

"그건 아제르바이잔 정부에서 준 자료들을 취합하여 설계실과 견적실이 야근을 밥 먹듯 하며 냈습니다."

"그래서 낸 견적금액은 얼마였죠?"

"587억 6,400만 달러였습니다."

"잘 기억하시네요. 좋아요. 근데 그 금액은 공사의 어려움 등이 충분히 고려된 금액인가요?"

"물론입니다."

"아제르바이잔 정부에서 책정했던 공사비가 600억 달러였는데 그건 혹시 아시나요?"

"아! 그랬습니까? 그건 몰랐습니다."

신 사장은 일부러 말해주지 않았다.

온갖 경우가 고려된, 적당한 이익이 붙은 공사비가 얼마인지 알고 싶었던 때문이다.

"한국에서도 관급공사 단가가 민간공사비보다 높죠?"

"네, 표준품셈으로 공사비를 책정하니까요."

"여기 아제르바이잔도 그런 거 같습니다."

"아! 그렇습니까? 알겠습니다."

적절한 비유였는지 견적실 이 차장은 자리에 앉는다.

"유화단지 공사의 애초 책정액은 172억 달러였습니다. 그리고 라다흐 지역으로 결정된 상태였습니다."

다들 아는 이야기인지 대꾸가 없다.

"그 지역은 지진의 위험이 있어서 제가 피르샷 지역으로 장소를 옮기라고 했습니다. 바쿠의 남쪽입니다."

"……!"

다들 멍한 표정이다. 한 나라의 유화단지 입지를 말 몇 마디로 바꿨다는 뜻인 때문이다.

"공사비는 182억 달러를 내라고 했습니다."

"그랬더니 준다고 했습니까?"

누군가의 물음이다.

"아마도요! 잠시 후면 결정될 겁니다. 아, 잠깐만요."

현수는 액정에 뜬 메시지를 읽었다. 레스토랑의 룸으로 급히 와달라는 내용이다.

"결정이 된 모양입니다. 잠시 자리를 비우겠습니다."

현수는 연단 좌측의 출입구로 나가 엘리베이터를 탔다. 인경이 따라붙었지만 금방 종적을 놓쳤다.

'치이! 왜 혼자 가시지?'

현수는 바쁜 걸음으로 레스토랑에 들어섰다. 아제르바이잔 공무원들 모두 멍한 표정이다.

잠시 자리를 비운 새에 유화단지의 입지로 라다흐가 적절하다는 보고서를 제출한 업체와 관계 공무원들을 족쳤다.

재정부 장관, 천연자원부 장관, 건설부 장관, 내무부 장관, 법무부 장관의 지시가 동시다발적으로 내려지자 경찰력이 총동원되었던 모양이다.

사실 관계는 금방 밝혀졌다. 경찰 하나가 장전된 권총을 공무원의 이마에 대자 벌벌 떨면서 자백했던 것이다.

오줌까지 지린 공무원은 누구로부터 얼마를 받았는지 불었고, 돈을 감춰준 곳도 모두 불어서 찾고 있는 중이다.

조사업체 사무실은 완전한 난장판이다. 책상이란 책상은 몽땅 뒤집어져 있고, 컴퓨터의 본체는 하나도 없다.

몽땅 압수당한 결과이다. 한편, 외출했던 업체 사장은 전화를 받고 도망가려다가 생포되어 압송되는 중이다.

몇 대 얻어터진 사장은 있는 사실을 불고 있다.

지진이 발생될 지역이라곤 전혀 상상도 못 했다면서 눈물을 뽑고 있다는데 장관들은 더 패라고 했다.

외국인에 의해 자국의 치부가 드러난 것이다.

어찌 쪽팔리지 않겠는가!

아무튼 득달처럼 달려들어 전광석화같이 사실을 밝혀냈다. 그러는 동안 장관들의 숙의가 계속되었고, 내린 결론은 병실의 대통령에게 보고되었다.

생명의 은인이 업체와 결탁해서 국가에 큰 해를 입힐 뻔한 공무원 일당을 찾아내서 재난 발생을 미연에 방비했다.

게다가 차관 이자 대신에 현물로 받아가는 데 시가보다

10%를 더 쳐준다고 한다.

올해 유가를 25달러로 예측했는데 그것의 딱 두 배를 준다. 유가야 오르기도 하고 내리기도 하는데 일단은 손해가 아니라는 생각을 했다. 하여 재가했다.

의회 승인이 필요하지만 현재는 여당 의석수가 압도적으로 많다. 따라서 상정하면 곧장 통과된다.

"아! 어서 오십시오."

장관들은 반가운 얼굴로 맞이했다.

대통령의 경과가 좋다면서 고맙다는 뜻을 다시 한번 표하고는 곧장 본론으로 들어갔다.

신행정도시 공사비는 610억 달러이고, 제공되는 차관은 120억 달러이다. 유화단지 공사비는 182억 달러이고, 차관은 90억 달러를 제공하는 것으로 하였다.

계약서가 작성되면 신행정도시는 공사비의 10%인 61억 달러를, 유화단지는 총 공사비의 10%인 18억 2,000만 달러를 계약금으로 천지건설에 지급하라고 하였다.

이후엔 기성고에 따라 공사비를 지급하는데 Y—인베스트먼트와 아제르바이잔 정부가 각각 50%씩 지급한다.

제공하기로 한 차관 액수가 모두 소진된 후엔 정부가 공사비 전액을 부담하는 조건이다.

Y—인베스트먼트는 차관으로 지급한 액수만큼 원유 또는 천연가스를 가져갈 수 있다.

원유는 배럴당 50달러이고, 기간은 5~10년 이내이다.

"대통령님께서 다시 한번 감사하다고 전해달라셨습니다."

"예후가 좋아서 다행입니다. 내일 찾아뵙겠습니다."

"하하! 네에."

현수는 세 명의 장관들과 악수를 했다. 모두들 기꺼운 웃음을 짓고 있다. 세 명의 동지를 얻은 기분이다.

장관들은 이런 날 축배가 없으면 안 된다 하였다.

대통령은 위기를 넘겼고, 국가는 큰 이익을 얻은 날이니 자신들이 산다고 했다.

현수는 잠시 시간을 달라 하여 세미나실로 갔다.

그러곤 유화단지 공사도 수주하게 되었음을 이야기하고 계약서 준비를 지시했다.

당연히 환호성이 터져 나왔다.

이연서 회장과 신형섭 사장은 멍한 표정이다.

610억 달러짜리 공사를 계약하는 것만으로도 감지덕지한데 182억 달러짜리 공사가 더 있으니 왜 기쁘지 않겠는가!

게다가 유화단지와 신행정도시는 그리 멀지 않다. 많은 비용이 절감될 수 있음을 의미한다.

둘은 멍한 표정으로 웃고 있는 현수를 바라보았다.

'대체 저 녀석은 뭐지?'

차관의 이자율은 얼마인지 등은 묻지도 않았다. 알아서 챙겼을 것이기 때문이다.

신형섭 사장은 계약서 준비를 위한 팀을 구성했다.

오늘 도착하여 피곤한 건 알지만 야근을 해서라도 계약서를 꾸며놓으라는 지시를 내렸다.

직원들은 기꺼운 마음으로 흩어졌다. 기세가 올랐으니 천지건설은 알아서 굴러가게 될 것이다.

"수고했네."

"하하, 네에."

"신 사장! 김 전무 연봉 올려줘야겠지?"

"네, 저도 방금 그 생각을 했습니다."

"좋아! 그건 천천히 생각해보자고. 김 전무 기대하게."

"에고, 안 올려주셔도 됩니다. 지금도 충분히 많아요."

"그래도 그건 아니지. 암튼 기대하게."

"네에."

더 준다는데 마다하는 것도 예의가 아닌 듯싶어 고개를 끄덕였다.

"그나저나 차관 이자율은 넉넉히 정했나?"

"이자 대신 원유와 천연가스를 받기로 했습니다."

"으잉? 몽땅 현물로?"

이런 경우 달러화의 유출이 대폭 줄어든다. 차관 제공 금액만큼 원화로 국내에서 결재하는 때문이다.

"네! 천지정유로 보내려는데 괜찮으시죠?"

"아이고, 나야 환영이지. 둘째 녀석이 좋아하겠네. 근데 얼마나 받기로 한 건가?"

"210억 달러어치요."

"헐~!"

이연서 회장이 입을 딱 벌린다. 재벌 회장이지만 규모가 너무 커서 그럴 것이다. 신형섭 사장은 아무런 소리도 내지 못하고 있다. 아예 질려 버린 것이다.

"둘째 녀석 입이 찢어지겠군."

일단은 돈 한 푼 안 들이고 원유와 천연가스를 공급받게 되는 때문이다. 대금은 나중에 지급하면 된다.

"한 번에 들이는 건 아니에요."

"그래 그렇겠지. 그걸 한 번에 들이면 대한민국이 기름 바다가 되겠지. 안 그런가? 신 사장."

"하하! 네에, 그럼요, 그럼요!"

"자넨 복도 많아."

"네? 그게 무슨……?"

무슨 의도냐는 표정이다.

"김 전무 덕분에 가만히 앉아 있어도 공사가 착착 수주되니 복 많은 사람 맞네."

"하하, 그게 그렇게 되나요?"

신 사장은 계면쩍은 웃음을 지었다. 공사로 인한 이익은 천지건설 법인이 더 큰 때문이다.

둘은 모르고 있다.

천지건설은 물론이고, 천지정유와 천지화학 등 그룹 주식의 93% 정도가 현수의 것임을!

천지그룹만 그런 것이 아니다.

냉정하기로 이름난 도로시는 회생 가능성이 없는 기업이나 아니면 반드시 망하게 할 기업들을 제외한 나머지 상장사 전부의 주식을 싹쓸이했다.

철저히 분산매입을 해서 기업에선 주식이 골고루 잘 분산되어 있다고 생각할 것이다.

현재 전체 상장사의 절반 정도는 지분율 95% 이상이 확보되었다. 나머지도 조만간 같은 수준이 될 것이다.

각종 악재로 인해 주가가 떨어지기만 할 뿐 오를 기미가 없으니 너도나도 내던지는 상황이라 어려운 일은 아니었다.

이렇듯 무자비하게 주식을 빨아들이는 이유는 일부에서 추진되고 있는 '여성임원 할당제'를 막기 위해서이다.

'자산총액 2조 이상인 상장기업은 특정 성(性)의 이사가 3분의 2를 초과하지 않도록 하라'는 법이 추진되고 있다.

상장사 임원 대부분이 남성인 것을 감안하면 사실상 임원의 3분의 1 이상을 여성 임원으로 채우라는 법률이다.

현수는 남녀 모두 동등한 인간이라 생각한다. 그래서 여성에게도 남성과 똑같은 잣대를 들이대는 것이다.

위와 같은 법률이 만들어지면 상장사들은 남성임원을 자르고 그 자리를 여성임원으로 채워 넣어야 한다.

더 능력 있는 여성이라면 반대할 이유가 전혀 없다.

하지만 단지 여성이라는 이유 하나만으로 우대해줄 이유는 전혀 없다.

하여 이를 미연에 방지하고자 주식의 95% 이상을 매집한 뒤 자발적 상장폐지를 할 계획이다.

외부로부터 자본을 투자받을 이유가 없으니 굳이 상장을 유지할 필요가 없다. 적지 않은 비용이 드는 일이기도 하다.

이후에 모든 주식을 100% Y—인베스먼트가 소유하는 기업으로 바꿀 것이다.

재벌의 계열사 같은 구조가 아니다. 모두가 독립된 단독 법인이 되는 것이다. 이 과정에서 쓸데없는 소모적인 경쟁을 피하기 위한 통폐합은 있을 수 있다.

이때 기업운영에 해가 된다고 판단되는 이들은 내쫓김을 당하게 될 것이다.

기업에서 필요로 하는 이는 불평불만만 많거나 무사안일한 생각을 가진 사람이 아니다.

개인과 기업의 발전을 위해 열심히 뛰어줄 일꾼이 필요한 것이다.

아무튼 2016년 현재 국내 상장회사 수는 약 2,000개이다. 이중 1,800개 이상의 주인이 외국법인으로 바뀐다.

이들은 모두 단 한 푼의 채무도 없는 기업이 될 것이고, 어음이나 당좌수표를 사용하지 않는 기업이 된다.

부도[30] 라는 말과는 영원히 아듀인 것이다.

아울러 정부의 입김이나, 은행의 간섭, 주식시장 등락과 아무런 관계도 없는 회사가 된다.

자산총액이 2조가 넘더라도 상장사가 아니니 여성임원 할당제가 법률로 반포되어도 해당사항이 없다.

만일 또 다른 법률로 여성임원 할당제 같은 불합리한 법률을 만들어서 강요하면 폐업하거나 해외로 이전해버리면 그만이다.

여성계에서 요구하는 남녀평등은 100% 수용된다.

입사할 땐 남성들이 병역의무를 이행하듯 여성들에게 동일시간 봉사활동을 요구할 것이다.

오로지 Y-그룹에서 인정한 곳에서의 봉사시간만 인정된다. 종교단체 봉사시간은 전혀 인정되지 않는다.

봉사활동을 하기 싫으면 여성도 입대하면 된다. 남성보다 복무기간이 길었다면 그에 합당한 대우를 해준다.

입사 후엔 청소, 숙직, 출장, 접대 등 모든 업무를 똑같이 수행해야 같은 임금을 받는다.

남성이 숙직을 하면 여성도 숙직을 해야 하고, 남성이 출장을 가면 여성도 출장을 가야 한다.

생리휴가는 진짜로 생리를 하는 날에만 인정된다. 도로시라면 충분히 파악할 수 있다.

30) 부도(不渡) : 어음이나 수표를 가진 사람이 기한이 되어도 어음이나 수표에 적힌 돈을 지급받지 못하는 일

남성에겐 월 1일 보건휴가를 준다. 이 휴가는 주말이나 연휴, 또는 공휴일에 붙여서 사용할 수 없다.

아울러 동일노동 동일임금이고, 무노동 무임금이다.

『전능의 팔찌』 2부 8권에 계속…